窵走 蛋寺 著

消除標籤與隔閡

精神病康復者正視並分享自己故事，以至入住醫院的經歷，無疑需要極大的勇氣。假如要求康復者在分享之中，加插生動的描述及逗人發笑的幽默，吸引普羅大眾深入了解精神病患者的境況，會否太強人所難呢？

這麼艱難的一件事，這位青年作家做到了。作者「鴦走蛋寺」在《精神病，是咁的》一書自述入住青山醫院的經歷，她行文嬉笑怒罵，感情卻真摯無比，配上特色的口語文學，生動地為讀者呈現治療的真面貌。本會全健空間的社工，就作家的經歷作出解説與建議，鼓勵讀者正視精神健康，加強對精神病的正確認識和了解，更不要隨意標籤病患者。

本會一直關注青少年的情緒健康，提供以青年為本的專業支援及輔導網絡。今年本港發生了數宗令人關注的不幸事件，與之相關的傳言四起，部分更加深了公眾對精神病的誤解。本書期望可以充當一劑解藥，從另一種角度理解患者的需要，消除標籤與隔閡。

我們籌辦「青年作家大招募」計劃，一方面希望為富有才華的青年作家提供機會，讓他們得以出版自己的作品；另方面，青年對社會的觀察往往能帶來正面影響。本書正是一個絕佳例子，我們誠意向讀者推薦。

何永昌先生，MH
香港青年協會總幹事
二零二三年七月

推薦序 ── （氣已過）作家塔巴（註：「過氣」係佢本人自稱）

以前我哋細個，開口埋口話人「黐線」，真係會用到「青山走犯」。

唔單止屋企咁講、同學拎嚟講笑，電視節目一樣會咁樣用嚟自以為風趣，甚至會配以哈哈大笑聲。想當年，冇人話你聽咁叫「歧視」。總之知道有呢類「冇得醫」嘅「病人」喺左近，就要當正麻瘋咁，最好即刻擰歪面運路走，小巴都要等下架。

保守嘅人對於精神病嘅負面印象，唔知幾時已經渲染到住得青山，就一定係嚴重精神分裂，個個由頭包落腳，無時無刻會起勢用個身撞牆。冇人嘗試認真了解，精神病一樣有好多種：焦慮、抑鬱、躁狂、思覺失調、創傷後遺……同身體器官有事一樣，精神病亦有輕重之分，可以透過藥物、輔導，對症下藥，最後好得返晒。

人心脆弱。面對學業、事業、家庭等壓力，有情緒問題有咩稀奇？關鍵在於有冇正視、剖析、面對、解決。處理情緒，係我哋小時候教育係空白。大眾理解不多，太多人諱疾忌醫，收收埋埋，一拖再拖，耽誤病情。近年，社會開始推廣精神健康大眾教育，但我期望可以做得更多。

精神病唔可怕，入青山唔可怕，集體無知，先係最可怕。鶱先生以輕鬆筆風，寫成大作，為小眾發聲，一正視聽，振聾發聵，得以付梓，實是美事！

推薦序 —— 人氣小說作家紫波

「青山」呢兩個字對於香港人嚟講，有一個特別嘅意義。

明明係完全唔帶貶義色彩嘅兩個字，但唔知點解，可以用嚟鬧人同恥笑人。我細個有一次做咗傻瓜嘢畀人笑，叫我「返青山」嘅時候，都唔知咩意思，後尾查咗查，先知道原來係精神病醫院嚟。我其實唔係好明，精神病有咩好笑？正如有人生 cancer、中肺炎，除非你特別黑心，照計應該係唔會笑得出。

真係要講，就係精神病人不按常理出牌，同一般人認知有所分別，而我哋因為唔想去了解，唔想被歸類為佢哋一分子，所以我哋會傾向選擇避忌，排斥，甚至嘲笑，其實相當可悲。

或者，我哋可以選擇正視。了解一下精神病嘅成因，心路歷程，未必要睇學術研究睇論文，可以由淺入深。鴦兄不吝嗇分享入住青山嘅經歷，不以此為恥，連書名都咁大剌剌咁話：「精神病，是咁的」真係要寫個服字畀佢。而且此書內容生動，加上角色嘅不平凡，令我感到佢哋更加有血有肉。

話唔定，我哋，同我哋口中嘅「黐線」，並冇太大差別。

前言

我終於願意説了——我入過青山。

呢六年一向只寫粵文，這次我會用中文為主、粵文為輔的方式書寫。散文唔似小説可以畀我匿埋喺虛構嘅角色同情節裡面，散文必須真實，這樣太赤裸了，還是以有點距離感的中文作為保護色吧。

除咗情感上嘅需要，有時覺得用粵文表達會簡潔啲，我就會轉 channel，反之亦然，有時甚至亂炒埋一碟添。這種中粵混雜的寫作方式是我個人的新嘗試，雖然咁玩應該對粵文發展冇太大推動作用（希望冇負面影響），但至少我係玩得幾開心嘅。

戴頭盔先，我入住青山醫院只有短短 25 日，因為疫情有隔離措施，所以我只住過病房，未試過出去大廳，我所知道的只是某一個時刻的青山生活。

你將會讀到的是一個被診斷為患有身心症，時常感到很焦慮又唔敢食藥，熱愛寫作偏偏怕全情投入寫作，極度需要獨處卻被強制 24 小時和人共處，被迫看到女人裸體兼好似唔小心鍾意咗臨床心理學家嘅女同性戀者——咁嘅平凡人嘅心路歷程，以及佢沿路上聽聞嘅故事。

我今次冇刻意想寫同性戀，但既然要坦誠，我便必須談到這個讓我痛苦又快樂的本相。

這樣的簡介似乎又長又譖，一句講晒，這是一本關於「人」的書。

有沒有誰共鳴也好，能不能安撫誰的心也好，我終於坦白了。但求我的文字能讓你笑下、喊下，能讓你對情緒病、精神病、性小眾有多一點認識，多一點包容。

同埋阿仔阿女，記得病向淺中醫，唔好忽視自己嘅情緒需要，唔好學我拖到要入青山呀。

PS. 我會如實寫下自己的事，但對於別人的事，多多少少也會有所修飾以保護私隱。如有雷同，只是因為千千萬萬個我和你實在太相似了。

PS2. 書寫其他病人時，我會使用中、英文兩種代號。英文代號專寫「疾病」，不妨想像是疾病鵲巢鳩占，坐上了身體的駕駛座。至於中文代號則寫「人」本身，人重奪了駕駛座，「回復你本來嘅真面目啦古羅卡」。

PS5. 買不到。

角色簡介

作者

火是師奶，
受丈夫語言暴力多年。

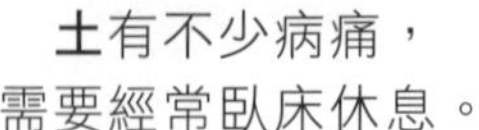

土有不少病痛，
需要經常臥床休息。

金外表比年紀後生十幾廿歲，
甚麼都懂。

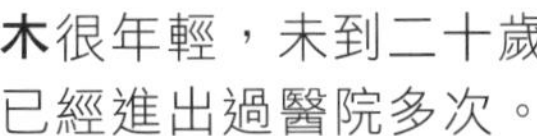

木很年輕，未到二十歲
已經進出過醫院多次。

第一章

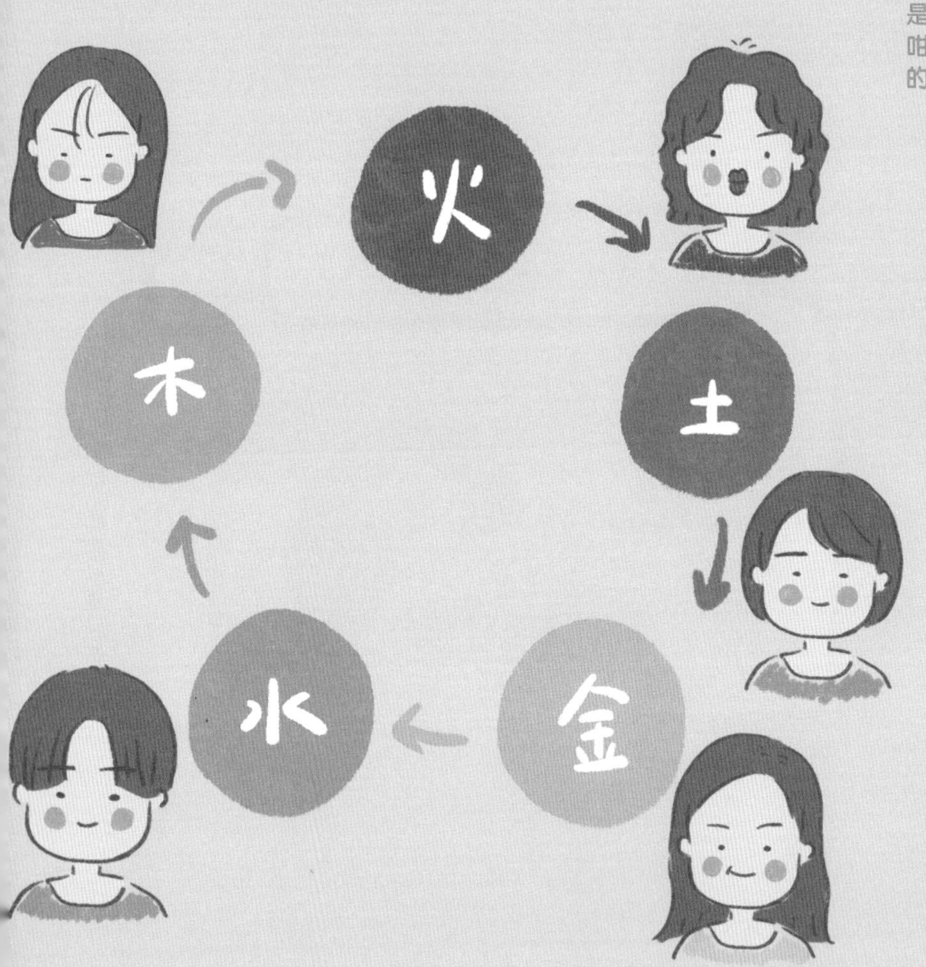
火
土
金
水
木

嗡普通醫院癲到要搵婆婆攬

我本來只是一個平凡的打工仔，自 14 歲起便有個作家夢，為追夢轉職做 freelancer，工餘時間用來寫小說。

在疫情下，我長期留家工作，直到某一天由頭到腳，身體十多處陸續出現痛症，影響工作能力，不斷求醫也未有改善，漸漸情緒也出現警號，想跳……飛機（吣，家長指引模式已由 AI 啟動）。

我曾經衝急症室，醫生給我打了一支止痛針，還建議我去睇精神科。

我當時心想：我係因為有痛症先喊苦喊忽啫，你唔理我啲痛症，咁唔係本末倒置咩？

我不忿氣，將大大疊的精神科醫生名單塞入廢紙回收箱，靠自己的力量硬撐，用吸引力法則迫自己笑，常常感恩，每朝早在床上哭哭哭，擦乾眼淚便繼續寫小說。

（笑死，病咗都要感恩，咁先似有精神病囉。但其實真係有用，感恩可以改變大腦，建立正向迴路，打破負面循環。參考神經心理學書籍《一次一點，反轉憂鬱》。）

寫作是我的救贖。小說寫完了，雖然全身痛症沒甚麼改善，但我的情緒有好轉，我便找了一份兼職，重新投入社會，做一個歪歪斜斜的齒輪人。

又過了一年，手痛再次影響工作，我頻頻停工，情緒再度轉身射個三分波，插水勁過＿＿（摩洛哥、益力多、阿�阿超……廢話王又亂押韻）。

我求診於痛症科醫生，他開了止神經痛的藥物給我，但該款藥物其實是抗抑鬱藥，止神經痛是其中一種功效。

吃藥後，我當晚便亢奮得全身出汗，難以入睡，比之前更加焦慮，第二晚便不敢再服藥，但一停藥，凌晨時分醒來，焦慮的感覺便像火山爆發，我感到大腦和後背好像有隻小火龍一直跟住我噴呀噴。

這感覺太辛苦，也太可怕，我馬上就想……

那時我媽也醒了，和我說話，我說我想跳……草裙舞，她立即跪下來求我不要，於是我便決定去急症室。

因為有輕生傾向（AI 沒電了），在醫院裡全程也有保安哥哥以 360 度零死角追蹤眼看著我。

半夜，人不算多，我抽完血、照完 X 光，就被安排等候入院。

那時我好像行屍走肉，本身我份人已經天然呆兼慢三拍，現在就十足十食咗 20 個「頓號」，說話要逐個逐個字嘔出來。

等待時我一直安慰我媽，其實我從小就覺得自己死不足惜，只是放不下媽，不忍心要她承受喪親之痛。

我不是一個好女兒，不是一個好人……我繼續在心裡責怪自己、痛恨自己……

終於上得病房，我叫我媽放心，我話我會醫好自己，卻忘記了給她一個擁抱，沒想到因為隔離政策和要轉院，我們再次相見便是一個月後了。

上病房時大約是早上 5 點吧，我不能進睡，誰來詢問我的情況，我也說很焦慮，腦袋像被火燒一般。他們在牌板上寫下些甚麼，便離開了。

等到 9 點，醫生來巡房，護士問他，不是放假嗎？他大概回應說自己被急 call 回來上班。

輪到我了，我告訴他我吃過的藥物，說是止神經痛的。

「抗抑鬱藥嚟㗎。」醫生冷冷地說。

「痛症科醫生同我講，開嚟係止神經痛㗎。」

（寒風之中，痛症科醫生和急症室醫生站在屋頂上，準備決一死戰……）

「係抗抑鬱㗎。」他重複，後來看到劑量，才和同伴低聲說：「劑量咁低，可能真係止神經痛。」

（吣，一比零。）

「之後會有精神科姑娘嚟睇你。」他說。

我點頭。因為雙眼乾到痛，我便請求他給我開眼藥水，我自行攜帶的藥物都被扣留了。

「呢度醫院嚟㗎。」他這樣回應我。

我不明白那是甚麼意思。

好吧，我承認自己是一個不乖的病人，一年多之前就被建議過看精神科，卻諱疾忌醫。

其實我可以想像非精神科醫生的感受，他們努力救人，偏偏就是有一些人居然寧願自殘。那不是他們熟悉的範疇，不是打一支止痛針，心裡的痛楚就能夠馬上被療癒。醫治情緒病，是一個很漫長的過程。

我內疚著，就這樣跑到急症室是濫用醫療資源吧，覺得世界上有更多比我更值得活下來的人，更需要這些寶貴的資源。

我不值得活下去——那時候的我如此深信。

我有很多事情想做，我想成為一個作家，以文字慰藉所有可憐人，我不甘心就這樣離開——是另一種矛盾的執念讓我撐到今時今日。

精神科護士來了，她提議我入住青山。

青山醫院呀大佬。

在世人眼中，那個危險地方關著一堆很可怕的精神病病人，正常人總是避之則吉，只有兩種情況會提起青山。

「捉佢入青山啦！」第一種是想要懲戒喪心病狂的罪犯，或是身邊憎恨的人。

「青山走犯呀？」第二種就是嘲笑某些人（或老死）舉止瘋狂，居然還在社會上大搖大擺，就像從青山醫院逃走出來般。

我馬上就哭了，我居然淪落到要入青山（以後出 IG post，都要 hashtag「青山走犯」了）。

「我唔想強制你入院，不過因為你始終有傷害自己嘅諗法，我哋都唔放心你就咁出院。」

我默默聽著。

「入到去你好快就可以睇到醫生，仲有心理學家，一定比排門診快好多。」

我問：「如果入到去發現住得好辛苦，可唔可以隨時走㗎？」

「自願入院會比強制入院容易啲出院，如果你想走，到時可以同醫生講，不過治療始終都要啲時間，至少都要住一個星期。」

我猶豫著，其實我一早知道自己的決定，只是不願意讓塵埃落定。

「嗰邊嘅情況同呢度唔同嘅，靜好多，可以畀你靜養，會收起電話，不過每日你都可以打電話嘅。」

我仍然忐忑，姑娘説我可以和媽媽商量一下，她也會聯絡我媽。

好啦，其實入得嚟，我都預咗，費事喺出面一個唔覺意真係死咗吖。我同意了。

「誓要去，入青山」—— 我激烈地高歌一曲（在紙上）。

由於我當時正在發燒，所以暫時不能轉院。除了退燒藥，醫生沒有給我其他藥物。

我是在 16 號清晨上病房的。16 號晚我才發現，即使我很累，我的身體卻仍然拒絕放低警戒，拒絕讓知覺沉睡。

每當我睡著了，放哨的士兵馬上就會吹響號角，讓我的手或腳猛然抽動，一種墜落的感覺立即喚醒我，好像夢見自己墜樓就會突然扎醒一樣。

禍不單行，我左邊床、右邊床和前面的床都有會大聲扯鼻鼾的人，她們形成三國結界，把我重重包圍，讓我更加焦躁不安。

17 號早上，我差不多 36 個小時沒有睡過了，卻非常清醒，明明感受到肌肉的疲勞，卻無可奈何，還是必須操控這副軀殼來來往往，嘗試把本來就不存在的精力虛耗盡，奢望這樣可令自己累極昏睡。

17 號晚，我一直在等候關燈，和隔籬床的婆婆有一句沒一句地聊著。

其實過去一兩個月我的焦慮已經相當嚴重。想像一下，如果你需要面試、公開演講、要見男女朋友的家長等，那時候你會感到緊張焦慮吧，但過後你會鬆一口氣呀，但我的焦慮卻會一直維持，像 24 小時營業的便利店一樣長期著燈。

如果你話，放鬆啲咪得囉，咁我就會問，你急尿嗰時放鬆啲，係咪就唔急呀？（串串貢的語氣，哼。）

但我找到了稍為緩解情緒的方法，就是和人擁抱。這是有科學根據的，好似係。這一兩個星期，我也會和媽來個幾分鐘的擁抱。

問題來了，而家邊有人畀我攬呢？大家都三唔識七。

我嗰時應該都真係癲得幾匀旬，居然真係向和我聊天的婆婆，乞求一個擁抱。

她當然是斷然拒絕。

我估她應該心諗：無啦啦叫人攬佢，係咪青山走犯呀？捉佢入青山！

我無比孤單，又冇藥食，又冇人理我，感覺自己是被放棄了。

等到 10 點也等不到關燈，反正在床上也睡不著，我便在病房的走廊來回踱步，有時坐在廁所門口專給病人的大班椅上，像精力過剩的柴犬，汪！（可憐的眼睛）

姑娘留意到我了，很體貼地舉行簡單而隆重的關燈儀式。

我便乖乖上床，碌嚟碌去，腦袋仍然像火燒，愈睡不著，就愈焦慮。

我受不了，主動和護士說，請求醫生給我開一顆鎮靜劑。

等了一兩個小時，藥終於來了，一吃下去，好像 5 分鐘左右就生效了。腦袋本來持續過熱，所有系統也亮著警號燈，現在終於一波一波咁熄電掣喇。

我躺在床上，默默感受著藥物消防員和我腦海中那場大火搏鬥，祈求小火龍不要在肚瀉以外的情況做我的背後靈。

但這場火已經燒了足足一年多，一顆比手指甲還要細小的藥怎能撲滅呢？

（熔岩的溫度比火高，睇嚟我需要畀熔岩打一拳先會瞓低——如果你睇得明，你應該會心痛。）

到了早上，我還是沒怎麼休息過，我該怎麼辦？我很辛苦，焦慮和恐懼的感覺還繼續蠶食著我，但住在這裡我又不能去死。

吃早餐時，我忽然哭了，對著院友們說對不起，我已經三天沒有睡覺。

隔籬床的婆婆安慰我：「瞓唔著唔緊要呀，我成日都幾晚冇瞓過㗎，最緊要食多啲嘢，身體要有能量，就算唔夠瞓都要食得飽。」

在谷底裡，任何小小的安慰也是無比重要的補血藥，我的心被治癒了那麼一點點，大大啖吃著粥。

婆婆還不斷說笑話來逗我笑，哼哼，她的笑話只比我的冷笑話高明少少，但我拼命地笑著，拼命地。

（本來我把她扯鼻鼾的事 mark 入了小器簿，現在就讓我大方地刪除吧。）

姑娘也安慰我，說暫時仲未夠鐘，過多一兩個鐘頭，我就可以再食多粒藥。

吃下第二顆鎮靜劑，我的腦袋終於能夠完全熄機了！

感恩！感恩！感恩！（腦袋裡一億個細胞在跪拜。）

當時，有一個中年女人教我印象最深，她會一點廣東話，主要是說普通話。

她穿著白色背心，那件背心把她綁在床上，她只能勉強地坐起身來，不能下床。

她見醫生的時候，說著唔鹹唔淡的廣東話，天天要求脫背心，也沒有人理會她。

職員個個都很忙碌，事實上就算人手非常充足，也不可能無時無刻盯著病人吧，於是便有了這些防止病人下床走動的安排。

我散步時，那女人忽然問我：「你有沒有水果刀？」

因為每日中午飯都有橙派，我當時仲好天真，以為佢想切個橙嚟食，我便說，用手就可以把橙皮剝開呀。

隔了沒多久，她又問我：「有沒有別針？」

她用普通話問，說了幾次我也黑人問號，後來聽懂了，她要扣針，無啦啦要嚟做乜鬼呢？

我終於明白過來，她想要利器，自製不安樂死。

我苦笑，「連牙刷我也不能自己保管，他們怎可能會給我利器呢？」

她因為甚麼入院？在這裡留了多久？好像沒見過誰給她送物資，她有親人嗎？

她是在這裡醫病時才開始想死，抑或本來就有情緒病，因為身體的毛病才被送入普通醫院呢？

我像一個不合格的問題少女，把問題通通沒有問出口。

後來，又有一個女生入院，她也有情緒問題（唉，阿女保重呀）。

女生睡在中年女人鄰邊，聽到女人求佢幫她脫掉背心，佢又真係幫了這個舉手之勞——當然被姑娘罵了一頓。

「為甚麼不能脫？我又不是犯人！」女人絕望了。

她似乎已經失去了求生意志。

不久，她大概躺得不舒服，便把手屈曲起來，卻令點滴糖水不能順利地流進她的體內。

姑娘發現了。

「咁樣你會死㗎！你想死定係舒服吖？」姑娘的聲音向來尖銳得像卡通人物，加上語氣跳脫，有一種莫名的喜感。

一級地獄梗。我在旁邊焗蟹忍笑，其他阿姐直頭笑埋出嚟。

但她的確想死呀……

後來我退了燒，要轉院了，我不知道其他人的路怎樣，但我的旅程現在才開始。

社工的話

情緒病初發徵兆

除了遺傳因素的影響外，原生家庭、負面思維、成長經歷等都是患上情緒病的危險因子，而情緒病的初發，往往因為這些因素再加上生活上遇到重大事件或轉變，無法適應導致。當患者初病發時，情緒、思想及行為都會有所轉變。情緒病初發徵兆包括情緒低落、易發脾氣、對身邊事物失去興趣、食慾或體重有顯著的減少或增加、失眠或睡眠過多、疲倦、緊張或思想行動緩慢及難以集中精神等。這種極端情緒或會維持數周，有可能嚴重影響日常生活。這些轉變未必容易被人察覺，但我們應好好留意自己的精神健康狀態。

一入青山就單獨囚禁！
!
精神病

辦理青山醫院入院手續時，護士收起了我所有私人物品，用不著的，就要我家人拿走。除了廁紙和衛生巾，我一無所有了。

但我得到了一個青靚白淨的男醫生。他問得很詳細，除了病情，也了解過我的家庭、人際關係、工作、夢想、興趣等。

他雖然年輕，但看來是個很有心的醫生吧。

和主診醫生首次面談後，我正式入院了。

脫下一般醫院的病人服，我要赤裸地在兩個護士前轉一個圈，讓她們看看我有沒有自殘過。才沒有呢，我對自己的傷害向來藏得很深很深。

我戴上了精神病的標籤，來到走廊，看到了一列病房。上半是透明玻璃，下半是牆壁——病房和走廊之間、房與房之間都是這樣的間隔，誰都可以看見誰在做些甚麼。

在這七間八人房內，大多只有三五個院友，不少人都是呆呆地躺在床上，也有些人在聊天，氣氛似乎和睦平靜。

我進入盡頭的吉房，房內只有兩張床，靠窗的那一張有被鋪，我走到那張床，才安頓好，木門就被關上了，嚓嚓響聲，我被鎖了起來。

間房得床，甚麼春也沒有，嗚嗚。

我坐在床上，看看鄰房的人，看看走廊上的職員。大家來來回回，嘩，原來魚樂無窮拍真人版係咁樣嘅！望望下，一兩個鐘頭就游走嚕——我希望自己當時能這樣輕鬆，但實際上我的心慌極了。

我按下門邊的呼叫按鈕，姑娘來了，我說要出院，當然沒可能。我便唯有說想小便，至少可以離開單人監倉，在有活人的走廊匆匆走一趟。

對比起來，普通醫院實在自由得多，人至少還像個人。

無助和孤獨將我的焦慮再度推高。

第一晚醫生沒有給我開藥，我整晚蜷縮在床上，全身發抖，每當快要睡著，肌肉又抽動，抽醒我。

對街的窗被磨砂貼紙遮住了景觀，我只看見一團混濁的黑，祈求痛苦的抽搐可以停止，祈求天快點亮，可以讓我再見醫生。

但在這裡等待陽光是一件非常漫長的事，我實在無法進睡，又不知道已經捱過了整段路程的幾分之幾。國際尿頻協會前主席兼永遠榮譽會長（個朵可以再長啲）無事好做便去交水費，總算看到護士室的鐘，唔係啩？而家先 12 點？

我兩點又急尿，再按一次協助掣要求去廁所，但因為腳痛，我行得衰過人，便被強行包了尿片，連魚樂無窮都拍唔成喇。

我繼續想撐過黑夜，心裡仍然驚恐，眼淚卻流不出來，直到好不容易盼到窗外變成憂鬱的藍色，天仍然是隔了很久才變白，平時覺得煩厭的鳥聲也聽不到了，這裡沒有半點生氣，但死氣也是絕不容許的。

我終於接受了，我是世界不願意看見的精神病人。

第二日，豆膶咁大間病房依然得我一個。

昨晚我到底瞓唔瞓到 10 分鐘呢？即使失眠，我卻很有精神，對時間的感知能力彷彿也改變了。有時世界轉得很快而我停滯，有時旁人都變成慢動作，我的腦袋卻是壞了煞車器的法拉利（Sor，我淨係識呢個牌子㗎咋）。

我和社康姑娘談話時，我的語速比平時快了一倍，我甚至有點亢奮。

（註：社康姑娘主要負責跟進病人出院後的生活，每月見病人一次，關心他們的復康進度。但因為抗疫，醫院人手短缺，社康姑娘便需要到病房幫忙。）

姑娘是個中年女人，相當健談，很懂得鼓勵別人。

我提到病房的環境對我的痛症和情緒有害，例如只有床沒有椅子，我坐在床邊時雙腳不能掂地，需要彎著腰在床上吃飯等。

「因為 COVID 呀，新症要隔離十幾日，換轉是平時，你們可以上大廳，有電視睇、有凳坐㗎。」她解釋。

我（消音）！疫情真係無處不在。（註：被消音的字其實只是俗語，但現在看起來……冤枉呀！）

我們閒聊，她見我沒有可交談的對象，所以多留了一會兒。

「你都算幾健談喎。」她説。

看來我此刻的狀態真係幾差。我是悶蛋，不愛説話。但現在我不停講、不停講，好似睇動畫嗰陣啲彈幕，一堆文字喺我個口不斷彈出嚟——本人的發言與本人無關㗎。

「你嘅情況真係幾穩定，好少新症咁穩定㗎。」

「咁幫我同醫生講啦，我真係想快啲出院。」

「但係你都要説服到醫生，你唔會再想傷害自己先得㗎喎。」

「真係唔會㗎喇，嗰陣時我係覺得冇人幫到我，而家我知道有方法處理。」

「好啦，咁我就喺牌板寫你好穩定，好想出院啦。」臨走時，姑娘笑著給我希望。

唔錯唔錯，我那被焦慮吻過的嘴巴果然做到嘢，我遲下會搽潤唇膏嚟報答你！

然後又得返我一個人喇。好在病房有時會播歌或收音機。有音樂，我的孤單感尚且能降低。

我仍然在等候醫生，就算無法於一時三刻出院，也請開藥給我吧，我不想再驚到騰騰震咁過一晚呀。

問過不只一個姑娘，她們都說醫生今天會來看我，因為我是新症，醫生會睇密啲。

我一直等，一直等。

有個阿姐為我間房另一張床添上被鋪，房門嘅門牌都加咗一個名。正！我終於有個伴喇。

我實在太寂寞，甚至和隔籬房不認識的病人揮手。她簡單的一個回應，就讓我幾乎想哭出來。那是早上發生的事。

後來這一整天，她常常走到玻璃前，一直看著我。我忽然又有點社交恐懼，隔著玻璃不能交談，就算可以，我也不知該說甚麼。

被她看得久了，我甚至有點害怕，這裡始終是精神病院，我會不會惹上了不該惹的人呢？

還是等待我的室友來吧。

我一直等，一直等。

直到過了 5 時，我甚麼也等不到，心，沉下來了。

點解要畀假希望我？我今晚點算？再瞓唔到嘅話，我聽日會唔會又爆情緒，喊唔停？

我再問姑娘，醫生係咪收咗工喇？她看一看錶，係呀。我問，咁我可唔可以要粒鎮靜劑呀？我瞓唔到呀。她說，我幫你望一望。

其實我都打定輸數㗎喇，被遺棄的感覺吞噬著我，我好辛苦，把我關起來又不理會我，算點啫？

（家長指引）當時我只想盡快出院，至少在外面當我辛苦到頂唔順，我可以解脫。

好在轉個頭，姑娘說：「原來另一間醫院嘅醫生開咗鎮靜劑畀你，你有需要嘅時候可以問我哋攞，今晚瞓覺前你問啦。」

哋！兩種思想同時在起跑線起步：

一：救星！好開心呀！感恩！感恩！感恩！

二：尋晚嗰個姑娘又話我冇藥，同埋唔會半夜派藥。佢根本連睇都懶得睇，由得我辛苦咗成晚！（下刪 1,000 字）

衝線！果然是怨恨的思想率先跑出——咦？佢做乜鬼呀？過咗終點都仲繼續跑緊嘅？喂！騎師快啲勒住佢啦！（……）

怎樣也好，當晚我再次能夠感受到腦袋關機的美好感覺了。

第三天，我醒來，精神爽利，這天很早就播音樂，而且還是我喜歡的歌，我一直跟著唱，反正沒人聽見。

我當正呢度係紅館，跟著音樂強勁地搖擺身體，唱唱下，仲愈唱愈 high，啲血衝晒上腦。我忽然有些少驚，這和病發的感覺有點相似。

幸好過了一會，興奮能夠退卻，反而嗰種燿到爆的感覺就唔識散了——當我勁 hyper 的時候，音樂突然停了，是姑娘看到我嗎？是要防止我太亢奮嗎？

全世界總是在看著我，我總是不停地犯錯——這是我常常有的感覺。

下一次播歌的時候，我還是把蹦蹦亂跳的快樂藏起來吧——各位又善良又靚女嘅護士姐姐，我反省咗，跪完鍵盤㗎喇，唔該播歌畀我聽啦（可憐的眼睛）。

這天仲係得我一個，直到入住第五日我才可以結束單獨囚禁，但當時的我仍然痴痴地等著。

偶然會和我揮手的鄰居院友忽然向我做手勢，舉出「二」和「四」，我不明白，我只想用中指向世界舉個「一」（簡稱「世一」）。

後來才知道是二號房的病人要搬去四號房。

我就在一號房，看著最接近的人全部執包袱走晒去冇雷公咁遠。

點解冇我份嘅？我就連揮手呢啲咁簡單嘅社交接觸都冇埋喇……

我間房的新被鋪更被拿走了，轉移到空蕩蕩的二號房內。即係話，新來的人不會和我同房。

我真的很苦悶。我明明是一個不怎麼需要社交的人，三個月留在家裡不見人也可以，是這個病改變了我，或者就是因為我忽略了自己的社交需要，才會像種蘑菇一樣種出病來吧（我屋企的廁所門真的長了蘑菇，人都癲）。

社康姑娘又來找我聊天。

我向她解釋了我一直如何自救，例如是對著鏡子說愛自己、和自己聊天，冥想放鬆，聽頌缽的聲音。

她忽然說，她曾經有個病人是大學教授，他很聰明、理智，很清楚自己的情況。她覺得我和這位教授很相似。

我內心的小劇場開幕：

A：她覺得我聰明、理智

B：她覺得我好老積

C：她純粹想鼓勵我

D：她好掛住嗰個教授！！！（編輯表示連用三個感嘆號是錯誤的）

「其實有好有唔好，你好清楚自己嘅情況，但亦都因為你太理智，有時候可能唔係好能夠放開自己，或者會壓抑咗自己嘅情緒。」

她的確非常適合做這一行，也許接觸的人多，很能敏銳地察覺人的特質吧。

她看出了我理性的一面。

我的感性、敏感顯然而見，我很容易受一些小事情觸動，愛哭，笑點低，從前冇病冇痛都夠晒情緒化（偽術家脾氣，哼哼）。

但骨子裡我其實很理性，與人相處時會計算付出多少，對方有多少次敷衍我，做事時計算這件事值不值得做，付出多少個百分比的努力就足夠。

這樣做人還真累呢。

我想大部分人也是複雜矛盾的吧，心裡經常有兩把截然不同的聲音在角力。

經常可以心存希望的人，到底是理性還是感性的呢？

隨心所欲，別再作無謂的思考和懷疑，大概是我要學習的人生課題吧。

社工的話

三招拆解負面思維

我們生活中難免會遇上不如意的事情，可能是考試成績未如理想、或許是買不到偶像的演唱會門票。我們或會不自覺地戴上有色濾鏡，以為事情一定會愈變愈壞、沒有人關心自己、世界與自己為敵⋯⋯這副濾鏡名為「認知扭曲」（cognitive distortion），是一種習以為常、非理性的思考模式，時常不合乎理據跳至結論，使思維變得負面。

正如作者被安排入住單人病房，因而感到孤獨、無助、焦慮，認為「全世界總是在看著我，我總是不停地犯錯」，以過度概括的方式認定自己總是犯錯；當作者徹夜等待藥物，但護士翌日才理會作者，作者便認為「佢根本連睇都懶得睇，由得我辛苦咗成晚！」便演繹了「讀心術」的認知扭曲，在沒有確實證據下，主觀臆測別人的想法，加重自己的心理壓力。

不難理解，作者長期處於充滿壓抑與控制的環境，不被人理解、接納，會有這些負面思維也是人之常情，但我們亦有許多良方，能在情緒來襲時，轉化負面情緒，在此分享三個小錦囊，

1. 覺察負面思維

練習以「如實接納」的態度來看待內心升起的情緒和想法，不去壓抑或嘗試「解決它」，而是單純以接納的態度來回應思緒，並嘗試和腦海中浮現的畫面、思緒或感受保持一段距離，只是單純地觀察，意識到這些情緒和想法都不等同於自己。久而久之，我們便能更了解自己的思維慣性，學習有智慧地和自己的情緒相處。

2. 避免以偏概全

我們有時會因一個獨立而隨機的負面事件，落下負面的結論，認為自己總是最悲慘、最有問題的人，但我們可以嘗試跳出當下的負面情緒，用一個較為宏觀的視角審視這些經歷，提醒自己：「這一次失敗，但不代表我每一次都會失敗呢。」

3. 改變心態框架

每個人都會帶著某個觀點與角度看待一件事情，我們的信念、價值及經驗，都使我們對事物存有固定的框架。如果我們能重新發掘問題的正向意義，或許事情沒有我們想像般惡劣。正如作者有時會認為全世界總是在看著我，自己我總是不停地犯錯，反映作者其實對自己有要求，亦希望迎合他人的期望，希望自己成為一個更好的人。

每一次選擇，都係賭命
!

辦入院手續時，主診醫生曾經問了我兩次：「你對口服藥物是不是很抗拒？」

是。

從小到大，我就被灌輸西藥都是對身體有害的。乖乖的小朋友不可以吃藥藥哦，唔係就會變成鴉烏婆㗎喇。

入青山第三天，我才再次看到醫生，這次他的上司也在。

這次由上司發問，我再把我耐人尋味、驚天動地、曠世傳奇（繼續吹）的身世又重複了一遍。這些話我都講到口臭喇。

先補充一下吧，從初中開始，我的身體便出現了一些連愛因斯坦也難以解釋的情況（因為他是物理學家，不是醫生），例如胃痛、尿頻，差不多每晚我也要上兩次小便，嚴重騷擾我半夜偷偷地在被窩裡看金庸！

那時候我才十零歲。

看中醫、看西醫，也沒改善，我就這樣贏得了腎虧的「美譽」。（有一次同學忽然向我叫聲「虧佬」，我理所當然應咗機，先發現佢係叫緊我後面嗰個男仔！羅到爆！）

是我身體不好吧，我身體差，我體弱多病——我漸漸有了這樣的信念。

認命吧。

聽說上天拿走了你一些東西，會給你另一些作補償。但似乎祂拿得不夠多，我買六合彩從未試過中三個字⋯⋯

後來到了中四，我右邊肋骨突然在某一天開始痛。不斷看醫生、做檢查，因為肺炎入過隔離病房，胃鏡、肝臟超聲波、子宮也檢查過了，依然是沒有任何結論。

身體差了，似乎連智慧也下降，我只祈求華佗再世，而不是祈求自己的病痛能夠自動「來又如風，離又如風」……

身體難解的毛病就這樣困擾了我十多年。

2020 年，疫情來了，其他痛症也來騷擾我 21 克的靈魂了。我愈看醫生情況就愈差，對自己的健康狀況愈擔憂，對醫生卻愈懷疑。我仲可以點？

於是我便來到這裡了。依然未中過六合彩，最近出街連錢都執唔到添……

當時，我面對著醫生和他的上司，很坦白地說出自己的經歷，以及我對醫生、藥物的不信任。

他們說，有三種藥物對我有幫助。

一、利痛抑：可以止神經痛，也有抗焦慮的效果。

二、抗抑鬱藥：能調節腦部神經傳遞物質血清素的水平。

三、鎮靜劑：可以抗焦慮，但會損害腦部，只能短期服用，他們不建議我選擇這種藥。

他們解釋得很清楚，包括藥物的副作用。

我說我不想吃血清素，他們問我點解，我猶豫了一會兒，說出了原因。

他們表示諒解，再解釋多一次各種藥物的副作用。

如果我短期內打算懷孕，就不應選擇第一種。我心裡吃吃笑，除非我學會了單性繁殖，（消音——本書係老少咸宜㗎嘛）……

叮。

我忽然發覺自己對這兩位醫生可以有一點點信任。至少他們不像從前那些隨便給我開一種藥，就打發我走的所謂醫生。

他們說不必急於選擇，但我不想再拖，想了想，就選擇了利痛抑。

其實我真的不知道，這又會是錯誤的選擇嗎？

正正因為過往無數次錯誤的選擇，我才衰到要入青山。

而這一次，就像是盡地一鋪的賭命。

如果再沒有人或藥幫到我，也許我真的會「呀哈 / 我要飛往天上 / 呀哈 / 像那天鳥翱翔」（暴露心智年齡系列），在另一個世界尋找我所失去的幸福和快樂了。

社工的話

接納每一種情緒

當負面情緒強烈湧現時，身體甚至會出現不同程度的生理反應，我們會去極力掩飾或壓抑這些讓人難受的情緒，這是防衛機制（defense mechanisms），乃人之常情，但通常只會使後期情緒更加強烈。

情緒就像海洋，有平靜的漣漪就會有洶湧的波濤，既然無法避免，不如嘗試接納每一種情緒。簡單而言，接納每一種情緒是指接受自己當前的情緒狀態，不論是正面的情緒還是負面的情緒，這種接納的態度可以幫助我們的情緒更穩定。

不妨參考以下的方法去接納每一種情緒：

1. 觀察自己的情緒：當你感受到情緒上的波動時，試著停下來，認真感受自己當前的狀態，嘗試形容和命名這種情緒，不要試圖去扭曲或否認自己的情感。

2. 持開放的態度：試著保持一種開放的態度，接納自己當前的情緒狀態，不要對自己的情緒進行貶低或評價。

3. 表達自己的情緒：表達自己的情緒：如果你感到煩躁、憤怒或傷心，試著找到一個安全的方式來表達自己的情緒。

接納自己的情緒從來不是容易的事，慢慢來，就會看見不一樣的自己。

由「你驚我，我驚你」，
變「你鞭我，我鞭你」
!

終於有機會調房喇！

消息是社康姑娘向我宣布的，她還叫我放心，隔籬房的院友好吹得，有人和我解悶了。

我倒是心裡一沉，我是社恐仔，不喜歡說話呀。昨天我半夜上廁所，發現她們還在聊天不睡覺。唔好啩！我好驚佢哋會半夜三更嘈住晒喎！

洗澡後，我抱著被單來到二號房，那三位院友仍然在浴室。

她們陸續回來了，我主動地和她們打招呼，她們看起來很和善。接下來也不知道要住幾多日，不求建立甚麼友誼，能和平共處就很好了。

我會以代號稱呼院友。和我交集比較多的人，我會用五行——金木（水）火土——作稱呼。

水是我自己啦，我的性格如水般飄忽無定性。

金年紀不小，外表卻比年紀至少後生十幾廿歲，甚麼都懂，好像黃金寶藏一樣。

火是師奶，受丈夫語言暴力多年，終於忍不住發火反抗，受傷的卻是自己。

土是不動如山的土，有不少病痛，需要經常臥床休息。

木還未夠鐘出場。

金非常開朗健談，她知道我的真實名字後，就很親切地以疊字稱呼我。原來她們都會以疊字相稱，似乎相處得很融洽。

土說起兩三日前的情況：「最先入嚟嘅係我，之後就係火，嗰時我好驚㗎，見到佢成日好似監視我咁。」

火接住話：「我都好鬼驚㗎！精神病院喎大佬！點知會遇到啲乜嘢人呀？嗰一晚佢又望住我，我又望住佢，你驚我，我驚你咁。」

土説：「後尾發現佢原來好好人㗎，佢見到我喺張床度震下震下，就走埋嚟問我係咪好凍，幫我拎咗張被。」

我問：「問阿姐拎？咁好嘅，肯畀多張被你。我問過，佢話唔夠被，畀外套我咋。」

火笑笑口，指住金，「嗰時金仲未入嚟，阿姐鋪定佢張床，我哋咪靜雞雞自己拎走佢啲被囉。」

金鬼馬地説：「哎呀你兩個衰婆，唔怪得我少咗張被啦。」

火説：「怕咩喎，你都唔怕凍。」

金只穿著短袖衫，連外套也不需要，身體實在健康得令人羨慕。

她們之間的打打鬧鬧就像老朋友。我在旁邊被逗笑了，覺得有人作伴還是很不錯的。

不過呢間房嘅冷氣鬼死咁凍，同一號房比起碼凍幾度囉。隔籬係水族館，呢度就係企鵝館，我想返過去繼續游乾水，繼續表演魚樂無窮呀！

「之後就輪到金入埋嚟住，初初又係大家驚大家。」土笑。

「尋日我哋瞓唔著就傾通宵，而家不知幾好朋友。」金説，然後對住我話：「而家好囉，又多個生力軍，大家一齊傾偈啦，唔係點打發時間呀？」

「我哋初初以為你係男仔嚟㗎，估咗好耐。」金再話：「你喺隔籬房嗰陣，我就想同你打招呼㗎喇，但見你好專心咁做緊運動，咪冇騷擾你囉。你係咪有做開運動㗎？」

「唔係呀，想身體好啲先做。」我摸摸自己清爽的短髮，同樣是因為痛症，想方便打理，我才把秀髮剪短。

金問：「你鍾意單人房定係同人一齊住多啲呀？」

火笑，「單人房好呀，唔使同我哋啲老餅一齊，我哋吱吱喳喳好嘈。」

這個問題難答過阿媽同女友跌落海救邊個先。說實話，如果冇歌聽，自己單獨監禁當然係每分每秒都好鬼折磨啦，但這間房音響聲量非常細小，加上談話聲，我實在聽不到音樂。

我決定還是誠實一點，「各有各好啦，一個人聽歌係幾開心嘅，如果有人傾下偈其實都唔錯。不過我性格唔係太鍾意講嘢，唔多習慣同人相處。」

這番話居然引起了土和火的附和，原來她們也是內向仔。

我打蛇隨棍上，乘機講出自己的疑慮，「日頭一齊傾偈都幾好呀，不過最好唔好傾到咁夜啦，我係睡寶寶嚟㗎。」

「瞓唔著先傾啫，我不知幾想瞓覺！」金苦笑。

睡眠之鬼，今晚幫幫我啦！

午餐時，金食到舐舐脷。太好了！終於有人和我一樣沒有味蕾，覺得醫院餐其實挺不錯！

土吃特別餐，餸菜都切到溶溶爛爛，看起來很倒胃口。金鼓勵她多吃一點，也鼓勵我多吃一點。

「之前佢哋見到我面青口唇白，驚我就死呀。」土笑，「真係好多謝佢哋，佢哋猛咁叫我食多啲嘢，我而家先有返啲氣力咋。冇啦啦入咗嚟，幾唔開心呀，連飯都唔想食。」

「唔好咁傻呀知唔知呀？一定要食飽啲，咁先有望出院！」金熱烈地揮動教鞭。

我忽然感覺到這密閉的房間裡，其實有一幅美麗的風景正在拓印著，從前我總是旁觀者，但我不想再這樣了，我希望可以成為風景的一部分。

於是我也給土來個愛的鞭策：「不如你都試下郁動多啲啦，就算你未行到，其實都可以坐喺床邊，將隻腳放落地，係物理治療師教㗎，就算係簡單嘅動作都對身體有益㗎。」

金接話：「冇錯呀！土你就學下水，郁多啲啦。」她對我說：「我哋見到你喺隔籬房成日咁樣（她模仿我雙手游乾水的動作），我哋都學咗你郁多啲，真係好，好多謝你。」

我心頭一暖，原來我不知不覺也可以給別人帶來正面影響，若然有心去做，我相信我可以做得更多。

土真的接受了我愛的鞭打，不再整天臥床休息，活動多了，看起來也精神多了。

其實我非常喜歡獨處，這是無論如何都不會改變的天性，但人還是需要彼此，尤其是困境裡的人。互相支持，就算是遙遠的、微小的支持也好，大家才可能走得更遠。

我又想起了普通醫院那個婆婆，很多時候非常簡單的一句鼓勵、一個笑容（和一個極地冷笑話），就足以撥開一個人頭上密閉的烏雲。

可以的話，就主動關心別人吧，善良永遠不嫌多。

各位姐姐，畀我瞓覺啦！
!
晚安!!

調房當晚，我始終要食鎮靜劑。

清晨 5 點幾就開燈刷牙，要睡足 8 小時，就要在晚上 9 點幾入睡。

準時躺在床上蓋好了被子，但病房沒那麼早關燈，10 點幾還有藥要派，若有新症，燈還會一直亮到不知甚麼時候。

我在 7 點幾就已經吃了利痛抑（抗焦慮及有助睡眠的藥物），刷完牙，9 點已經有睡意，早兩日我早就瞓咗喇。

但院友們還在聊天。她們的確有為我降低聲量，但我對聲音很敏感，很細微的談話聲也會讓我睡不著。

而且從調房、環境改變的一刻起，我的小火龍已經起了床，在我頭殼頂生了一團無法熄滅的火，火輕輕的刺痛著我，我無可奈何（，何、何……玩頂真接龍失敗咗，但仍然押韻）。

院友們也不是不想早點入睡的，但不關燈，她們睡不著，於是就要求晚一點才吃安眠藥，好配合關燈的時間。

但我隻藥好早就生效咗喇，待到 10 時半，聽著大家聊天，反而令我又精神返。

乘著姑娘派藥給院友們，我迫不得已要了一顆鎮靜劑。

大家吃了藥，院友們居然還在聊天。

還是睡不著嘛。睡不著有甚麼好做？吹水囉。

我用被子蓋過自己個頭，非常無奈，看來還是一個人住好得多。鎮靜劑的藥效我感覺到了，腦袋慢慢放鬆起來，眼皮漸漸沉重，但耳邊還是熱熱鬧鬧的。

那一刻我很想請求她們安靜下來，但我不敢，也不想阻礙她們，不想被人覺得難相處。我知道她們睡不著肯定也是很難受的，想和人聊天，驅散孤單感覺，也是情有可原。

但善念可撐不過幾分鐘，我跟她們還不熟，被騷擾的煩躁感覺在我胸口攀爬著，而任何負面情緒也足以激嬲我嗰隻小火龍。

幸好姑娘來了，「做咩唔瞓呀？」

「開住燈瞓唔著呀。」金説。

「仲掛住傾偈梗係瞓唔著啦，你自己瞓唔著都唔好嘈住其他人瞓覺吖嘛。」

「可唔可以閂燈呀？」

「呢盞唔熄得㗎，出出入入冇光好危險㗎。」姑娘解釋著。

當時房間裡的光管已經關上了，卻又開了圓燈泡，加上走廊的光管，就算合上眼皮，還是會覺得很光很亮。

怎樣也好，房間終於安靜下來了。

我心裡想，我已經夠蠢，天天吃鎮靜劑遲早壞腦，於是翌日見醫生時便説明了情況，把自己的藥也延遲了。

我是希望 9 點吃藥的，但原來那個鐘數是姑娘交更的時間，是不會派藥的，我需要等到 10 時多才有藥吃。明明 9 點就夠鐘瞓，還要眼睜睜等吃藥，情況更煎熬了。

我常常看著時鐘，一等到 10 點，就問姑娘：「有得食藥未呀？」

姑娘應該覺得我好鬼麻煩，我自己都覺，但鬼叫醫院政策係 5 點幾就叫人起身，開著大光燈令人想瞓都冇得再瞓咩？

休養的病人需要甚麼？是充足的睡眠，有營養的食物，隨時可以上廁所的自由。我很懷疑，病人在這裡真的能夠靜養嗎？

我祈求入睡，因為只有睡著了，我才能暫時擺脫疼痛和焦慮的折磨。

我不願清醒呀……

值得一提的是，金差不多每一晚也會爭取提早關燈，盡可能關多一盞半盞燈，關燈關燈關燈！努力不放棄，有時候總算為大家爭取了黑多一點點的黑夜。

掂呀呢嚿金！

我哋都係有故事嘅人
!

第二日，我們繼續閒聊。

「嗰時我哋個個都估你係男仔。」土重複著，其實一日流流長，唔少話題都會不斷重複。

我的性別認同是女性，讀書時期打扮一直都好女仔，畢業後試過剪短頭髮，後來又留長過，就這樣長下，短下，一時女性，一時中性。

我頭髮最短的時候，間中會有一些年紀大的婆婆叫我「哥哥仔」。很奇怪，我會有一種暗爽的感覺，但如果你問我想做男性嗎，我一定答你唔想。

那可能是一種能打破性別定型的滿足感吧，我向來覺得雌雄同體的氣質在審美學上是最美麗的，像梅姐和哥哥。

「我以前後生嗰時都鍾意將頭髮剪到咁短，好有型㗎。」火說。

「我一直都將個頭鏟到好短，短過水個頭添呀，第時你哋見到我，肯定唔認得。」土說，「住咗成個月醫院，頭髮長咗好多。」

金問我：「你係因為乜嘢入嚟㗎？講唔講得㗎？」

「覺得好焦慮，由頭到腳周身都痛。」

金說痛症是很平常的事，因為經絡阻塞，血流不通，只要按摩疏通經絡，就不會再痛。

原來她懂按摩，她說她的手法曾把一個需要開刀的老人家治好了。

她很熱情地教授我自行按摩的方法，我學著，心裡卻有點為難，按摩需要手力，我雙手疼痛，又如何為自己按摩呢？但盛情難卻，我便專心學習。

「所以你係因為痛，就覺得好焦慮？」

我點頭，還有種種原因我不想説，我向來心防就很重，何況跟她們還不熟。

金説話時總是很活潑，動作多多，「唔使咁擔心呀，我哋都有好多自己嘅問題㗎，我哋呢度個個都係有故事嘅人。」

每當得知別人的苦難，我總覺得矛盾。很多人的遭遇都比我的艱難、痛苦得多，我一方面慶幸自己的問題其實沒甚麼大不了，放心了那麼一點點，但另一方面我卻鄙視自己太像溫室小花，換轉是其他人，我的問題根本就不成問題。

自卑感湧現，我這樣懦弱無能的人實在是浪費地球資源。

我的故事值得被閱讀嗎？寫到這裡，我心裡深深地懷疑著。

「你鍾意男仔定女仔？」
!
在某天已
拒絕再玩!

我們都想聽歌，於是便請求姑娘把音量提高，如果可以把冷氣溫度也調高就更好了。

但中央空調無法控制，好吧，總算有歌來取取暖。人還是需要精神食糧的，藝術非常重要。

我有一段時期甚麼舊歌也願意聽，年輕時也看過不少「小心地滑！亞視嚟嘅喂！」的劇集，其中有一齣《我和春天有個約會》我看過兩三次，把裡面的老歌也學會了。我對昔日的香港認識其實不多，但也足夠把老友記逗樂。

「梅蘭梅蘭我愛你……」、「Ja-Ja-Jumbo，Ja-Jumbo……」、「你你你為了愛情，今宵不冷靜……」我一邊唱，還一邊把我僅僅記得的舞步跳出來。

「好犀利呀！你連呢首都識。」

每唱一首歌，就會惹來一聲讚歎。

其實我都已經唔後生……身體裡住了一個老屎忽（這句怎麼看起來怪怪的）。

我們談到了明星，梅姐和哥哥當然是最令人難以忘懷的。

土說，我後生嘅時候見過哥哥㗎，嗰陣佢仲未紅，我做戲院賣飛，佢嚟睇戲，我認得佢呀，仲專登將佢前前後後啲位畫晒，唔畀其他人坐佢隔籬。

土說得眉飛色舞，少女心大發放，就好像回到了十八廿二的青春時候。

話題的走向難預測過阿媽今晚的心情，我們忽然談到了哥哥的感情世界。

金說：「嗰陣時哥哥都唔想公開，唔想被人知道。」

我不是生於那個年代，關於傳奇的一切都是成年後才接觸的，我印象中張國榮是很勇敢、坦蕩蕩的一個人。

於是我就話：「但嗰陣時哥哥幾有型呀，有記者影到佢同唐唐去街，佢唔理鏡頭，一手拖住唐唐，好瀟灑咁向前行。嗰張相我印象好深刻㗎。」我甚至伊做埋動作，模仿嗰個無懼世間一切惡意的背影。

傳奇可走得太前了，今時今日我們仰望過去，仍然追不到那個背影。

我很興奮，然後誰又提到了髮型和打扮，我便說，世界其實已經很開放了，性別和性取向可以有很多不同的形狀。

我係咪太大膽呢，院友們年紀唔細，年長一輩通常也不是很能接受這些觀點吧。

土果然說她不是很能接受男和男拍拖，女和女則好一點。

我不意外。她已經說得很溫和了，我在工作場所裡聽過同事說同性戀是不正常的，電視台不應該播放有關同性戀的內容。

我沒有感受，習慣了。

是嗎？

說實話有時我不大理解自己的情緒，若然不介懷，又怎會一直記著呢？但有時候我覺得那些人不知道我的性取向，也就不能傷害我。我是安全的。

傷心、不滿、擔憂、自責⋯⋯諸如此類的壞情緒就掃到沙發底下，看不見就沒事了，日子還是要過的。

是嗎？

過了一兩個小時吧，不知怎地談起戀愛問題，金忽然問我：「你鍾意男仔定女仔？」

我呆了。

我的髮型、我的言論會讓人懷疑不出奇，但直線抽擊，我可反應不過來。

要說真話嗎？她們認識真實的我之後，會對我反感嗎？

但我所景仰的人都活得坦蕩蕩呀。過去我實在太壓抑了，我想改變，我想成為坦誠的人，而且不以自己的任何面向而自卑。

「我細個同過男仔拍拖，而我之前拍拖拍咗幾年嗰個，係女仔嚟嘅。」我如實地說了。

「咁你之後諗住同男仔定女仔拍拖呀？」金繼續問。

「男仔？」土猜。

「女仔？」火猜。

「可能未定性呢，你仲咁後生。男仔女仔都試下囉，第時就會知。」金說。

我不記得當時我有沒有回答這個問題。

童年時我都鍾意過男仔嘅，當然不是被男性傷害過才「中途轉基」，我不討厭男性，我的男性朋友還比較多。我也不想做男人！

老老實實應該話自己係雙性戀者，但和女生拍過拖之後，我覺得今後我就只會是同性戀者。

某套電影有句直男癌對白：「（女同志）未畀男人掂過啫，掂過？返唔到轉頭啦。」

Sor，同過女仔一齊又真係返唔到轉頭嘅。因為我很需要心靈上的溝通，只有女人才能圓滿我靈魂所缺少的。

當然我不能排除今後我可能會遇上一個我身心也渴望的男人，誰知道呢。

其實性取向是一個光譜，很少人是百分百異性戀或同性戀，大多數人是介乎兩者之間，即是雙性戀。

所以如果一個女性本來和女人拍拖，之後又和男人拍拖，那不是「拗返直」，而是她有可能本身就是雙性戀者，又或者因為外間壓力，她選擇隱藏自己，犧牲自己，去迎合世界、家人的要求。

就是這樣了，I am gay，dude。

說出來輕鬆多了，不用再顧忌，不用再説謊，不用在世界説討厭我之前，先憎恨自己。

第二次會談：
遇上了很溫柔的心理學家……
!
……
評估中…

我好似對我的臨床心理學家一見鍾情，這是我進行了第二次心理治療，才後知後覺的。

現在回憶起來，那是猶似病發的錯覺——成個腦著晒，小火龍進化成噴火龍了。如果我有另一半，再吸引的女生我也會絕緣，但當我處於感情空白的狀態時，我是非常容易動情的。

我不會詳細形容她，那是她給我的、只屬於我一個人的感覺，我不要和別人分享。你只需要知道她的聲音很好聽、很溫柔，而我是一個對聲音非常敏感的人。

而且她分明就是一個 TB（tomboy）。

咩料呀？咁啱得咁蹺，拍真人騷咩而家？

我想大部分女同志對於從外表上看不出性取向的女人也會保持距離，多得過往一些慘痛的經歷，讓我們後天培養出這種免疫力。遠離直女保全家幸福（合十）。

我也早早戒了和直女糾纏，但這個她分明都係基㗎喎（如果唔係，則是打破同志形象定型的成功例子），我要強調這一點，是因為從一開始我就對她有一種信任。很多問題或者壓力，若不是同一個群體的人是不能完全理解的，而她能。這使她的心理輔導有加倍的説服力。

那天是星期二的早上，在我等待洗澡的時候，她忽然出現了。

這天的面談內容是如何打破痛症的惡性循環。

長期疼痛容易產生焦慮、抑鬱的情緒，病人會覺得活動多了會增加痛楚，因而減少活動，反而導致肌肉變弱或血流不通，令疼痛加劇。

首先第一步，就是要破除「活動多，等於痛得多」，或者「運動等於會受傷」的誤解。（plagiarism checker：此人抄襲了醫管局的痛症管理宣傳單張。）

有物理治療師曾經告訴我，不痛不等於沒問題，痛也不等於問題很大，就像向來工作量不大的員工，你忽然增加他的工作量，佢第二日就會射波，肌肉也是一樣。

關鍵是要培養一些正確的觀念，例如「適量的運動能改善痛症」。思想正面，才能減少負面情緒，才會推動有正面意義的行為。

怕痛，會擔憂和焦慮是很正常的，心理學家説這時候便試試分散注意力吧。

她笑著，「不過我都知道喺呢度冇乜好做，都幾難分散注意力嘅，或者同院友傾下偈？」

我的注意力被分散了，我發覺她的雙眼笑起來很溫柔。

但我很快便把專注力扯回對話上，回答：「都得嘅，不過其實我唔係太鍾意同人傾偈。」

「點解呢？」

「我驚有 dead air，我係一個幾悶嘅人，成日諗唔到嘢講。」

「係你自己覺得自己悶？」

「小學嗰陣嘅好朋友話過我悶……所以同人一齊我會覺得唔自在。」

「同所有人都係咁？如果係啲好熟嘅朋友呢？」

「好熟嘅朋友都會㗎，除咗係同我個 EX 一齊嗰時（先會好自在）囉。」

「你自己覺得個分別喺邊度呀？你同佢一開始嘅時候已經係咁？」

我想了一想，「我都唔知呀，頭一兩次見面都仲係有啲唔自然嘅，但之後好快變得好自在喇。」

她點頭，「咁喺病房嘅環境裡面，你係咪會覺得好唔自在呀？比較少同院友傾偈？」

「都有傾偈呀，其實如果係一班人就會好啲，因為我唔需要不斷講嘢。」

「你比較喜歡做聆聽嘅角色嘅？」

「係呀。」

「咁就不妨同院友傾多啲偈，多啲聽佢哋講嘢啦。」她再次溫柔地笑，「或者你仲諗唔諗到啲分散注意力嘅方法呀？」

「寫詩啦。」

其實最讓我感到不自在的話題，就是談起自己的創作，不過既然之前也和她説過自己喜歡寫作，就即管談下去吧。

她一臉好奇，「除咗寫小説，原來你仲有寫詩嘅。咁有冇靈感呀？」

「有呀，不過冇紙同筆，唯有背咗佢。」

「你記性都幾好喎。」你都幾鍾意笑喎。

她繼續説，除了分散注意力，也要適當地增加活動量。

好吧，我真不忍心告訴她，其實打破痛症惡性循環的方法、呼吸放鬆法等，我通通都知道。我仍然專心地聆聽著，期盼著多聽一遍，就有多一份信心。

知道原理不難，但能否實行才是問題。改變自己的思維方式，緩解自己的焦慮，是很不容易的，尤其是大腦長期緊張，已經變成了一艘無法掌舵的輪船，停不了。

這時候便需要使用藥物了。

我們談到了藥物服用，我細說醫生給我的選擇，以及我的選擇。

我的心理學家很快便察覺到關鍵，問：「為甚麼不想服用血清素呢？」

有兩個原因，第一是我不相信精神科藥物，總覺得藥物會打亂自然的平衡，讓身體以後再也不會自行製造血清素，就像依賴了眼藥水，眼睛便會減少分泌淚水一般。

這是我的偏見。因為過往不好的求醫經歷，我不相信醫生。事實上是病人本身的血清素（或其他神經傳遞物質）水平過低或失衡了，才會生病。

第二個原因，好吧，我終於要談起她了，我靈魂的燈。

我其實掙扎過一段時間，要不要寫出來。

我討厭這樣提起她，彷彿她這個人只會和「情緒病」、「輕生」這樣的關鍵詞扯上關係，而忽略了她在這個金錢至上、保守至極的社會裡，是怎樣堅定不移地選擇以獨立唱作歌手作為她的音樂路向，怎樣勇敢坦白地選擇在金曲獎的舞台上感謝她的太太，怎樣善良溫柔地選擇關注社會議題，為活在暗角的人們發聲。

在這裡我談到她的離世對我的影響時，我更殷切地希望大家能明白她曾經來過這個世界，發表過那麼多優秀的作品，展現過那麼多表裡如一的言行，才是她對我的靈魂最深切的影響。

每當我想要放棄的時候，她和她的歌便是那一道善良溫柔勇敢坦白的光，支撐著我再堅持多一會，也令我想讓自私冷漠懦弱無能的自己，蛻變成像她那樣溫暖著孤單的人們的一道光。

光，盧凱彤。

「曾經聽說，有人服用血清素後，由抑鬱症變成了躁鬱症。」我開始不自在，把視線拉開，用左手的食指和拇指大力地捏著右手每根手指。

「是從哪裡得知的呢？」

我猶豫著要不要說，其實我早知道自己必須要面對這個敏感話題，但要開口總是很不容易的。

我快速地捏著手指。

「如果不想說，可以不說呀。」

我好幾次欲言又止，她等待著。

「我很喜歡盧凱彤……她是由抑鬱症變成躁鬱症，幾年前她……」

「……離開了。」心理學家和我先後地說。

氣氛沉重了，我好像見到她也面色一沉了。

其實談起阿妹會有甚麼情緒呢？我會形容是抽空了吧，我腦袋一片空白。

「抑鬱症和躁鬱症是不同的疾病。」她解釋。

其實我為甚麼會覺得抑鬱症比躁鬱症好呢，我在怕甚麼呢。

她開始問我一些問題，例如有沒有試過兩個星期或以上甚麼也不想做，感興趣的東西也不再有興趣，又有沒有試過睡不著覺卻很精神，會花很多錢購物等。

我知道這些問題分別是關於那兩種情緒病的診斷指標。兩種病我也沒有。

她解釋，躁鬱症其實是指患者有躁期和鬱期的情緒狀態，「服用抗抑鬱藥變成了躁鬱症」很有可能本身病人就患有躁鬱症，只是當時躁期並未出現。

不知道呢，聽了她的解釋，我對於血清素沒那麼抗拒了。

關於藥物，我不相信醫生的專業意見，卻相信心理學家。

我就是這麼一個不稱職的病人，從小到大太多不好的求醫經歷了，而且從小到大我也被教導著：任何西藥都是毒藥，最好連感冒藥也不要吃。

第二次心理治療完結了。我的心好像真的有那麼舒服了一點點。

回到病房，火留意到我的心理學家，問：「佢男仔定女仔嚟㗎？」

「女呀。」

「幾有型喎。」火説，「我後生嗰陣時都鍾意將個頭剪到咁短㗎。」

「你見完佢好開心喎。」火察覺到了，在幾個院友之中，她是最能理解我的性取向的。

好開心咩？對了，我忽然發現和她聊天後，我真係好開心。

今次大鑊。

社工的話

來一場治癒的感官之旅吧

情緒來襲時，我們被迫改變原有的生活模式，造成極大身心壓力。學習放鬆自己、維持情緒健康是普羅大眾的重要課題。而每個人身心可承受的範圍都不盡相同，這會因為個人成長經歷、學習、性格等而有所差異。要減輕壓力，調節與穩定自己的情緒，不妨由重新連接自己的五感開始。

視覺、聽覺、嗅覺、味覺與觸覺是人類的五感，我們透過這些感官覺知世界上的人事物。

聽覺：哪些聲音特別悅耳？

觸覺：哪些材質讓我感到安心？

視覺：沿途有沒有風景讓我平靜？

嗅覺：我喜歡哪些氣味？

味覺：我喜歡哪些味道？

透過這些問題，我們可以開始重新發現那些可以讓我們感到舒適和放鬆的事物，邀請你從日常生活入手，覺察並享受自己最放鬆的狀態。

只不過係一卷廁紙
!

金的處境相當可憐，她沒有任何在世的親人，沒有人會為她張羅必需品，包括紙底褲、廁紙、牙膏、牙刷等。

沒有底底，她倒看得開，還笑自己豪放。

我們真的不希望個腦有畫面，也不想親愛的院友冷親她的重要部位，便三日唔埋兩日就在洗澡時詢問職員，可不可以把自己的紙底褲借給金，每次得到的答案也是不可以。

這裡有個規矩，病人之間是不能互借物品的。

我們頑固地問，職員頑固地說不，難道我們以為醫院政策會一夜更改？我忽然想起一張父子嗌交的meme圖，如果有凳，我都想掟下，可惜病房裡連凳都搵唔到張。

其餘物品，金都可以用公家的。例如廁紙，有一千零一卷放在廁所外面，每次上廁所的時候取幾張來用。聽金說，多取一些就會聽到阿姐的微言了。

我們所有私人物品也會被寫上姓名，被鎖在浴室的櫃裡，需要時，便要於洗澡時問阿姐取來用。

記得問呀，阿姐常常說：「嗱，有咩要就一次過講，之後再問就唔再拎㗎喇。」

初初我覺得超無奈，沖涼被趕鴨仔咁趕，點兼顧到其他嘢呢？後來我發現阿姐們都是口硬心軟的，嘿嘿！

而且很多時候即使提出了要求，超級忙碌的阿姐都會忘記。（有一次是我自己忘了說，但見其他人話阿姐忘了拿，索性也跟著舉手，成功逃過了被抱怨扣減HP值。註：在括號內提及謊言，有靜音和懺悔的效果。）

說回紙巾，由於我下世要做樹，而且本人娘親補充物資的速度比較慢，頭一個星期我都仲係用緊之前喺普通醫院用剩嘅物資，即係細細包帶出街用嘅包裝紙巾。

我明明有十幾包紙巾，但阿姐每次只給我兩包（連 M 巾也是每次只給兩塊，迫我問完又問。好難得有打工仔嫌自己少嘢做，真係抵加人工）。我就算再慳家，也會常常用光私伙嘢，不好意思又麻煩阿姐，便取用公家廁紙吧。

我總是趁阿姐唔為意的時候狂取十幾張，似足啲阿嬸喺公廁狂拉紙巾咁貪心。可惜我多次犯案，也沒人教訓我，看來我的存在感果然是零，嗚嗚……

金可沒有松鼠仔積穀防饑的覺悟，拎幾多張廁紙，都用晒嚟服侍屁股。

但吃完飯要紙巾抹咀呀，我們便偷偷借給她。

我們要先一眼關七，確保沒有任何職員望實，然後就把廁紙藏在外套裡，再用火影跑，跑到金的旁邊，遞上賊贓，每次成功後總有吃掉無敵星星的滿足感。

以後我會記住，如果想幫人，都應該要有做賊的覺悟。愈此地無銀，愈有型！

但想不到我和土的滿足感，竟被火親手破壞了！

火自己還有大半卷廁紙未用完，卻和阿姐說自己用光了。阿姐拿了一卷新的給她，她接過廁紙，向轉身離開的阿姐望了一眼，就直接把那卷廁紙拋到金的床上。

衰婆！真係做壞規矩！邊得你咁型㗎！

以後我會記住，如果想幫人，就應該無視「外間很多反對我幫你的聲音」。

人性光輝忽然在這監倉——我是說病房——內閃閃發光。

區區一卷廁紙，需要談到人性嗎？

我告訴你，有淚不輕彈的金經常也講起那卷廁紙，甚至講到眼濕濕。

「我真係好感激火！我永遠唔會忘記嗰卷廁紙，嗰份溫暖。」

正所謂「情與義，值紙巾」（配上疫情下狂搶廁紙的畫面）……直到出院，金仍然提完又提這小小的心意。

原來對人好，可以這般簡單，在別人有需要的時候果斷地伸出援手吧，我也會將那卷廁紙銘記於心，預備定多啲廁紙嚟幫人，我信我都做到——因為一次過網購五條廁紙有折。

第三次會談：
《幻愛》式移情，大件事！
做得幾好！

唔好玩火，這段關係是沒有結果的，《幻愛》不存在於現實世界，而且你也沒有劉俊謙那種顏值（為甚麼要拿自己和男人相比……）。

講過啦，我份人超感性亦超理性，心裡常常有一個家長教我怎樣做。阿家長小姐這次居然說：你可以利用自己對她的信任呀，她比其他人更容易穿過你的心防，醫治你的心病。

頭都痛埋，為甚麼理性的我反過來要教我玩火……

昨晚加了利痛抑的劑量後，這天一起床，我便整個人輕飄飄的。那是頭暈，又有點像喝醉酒後的微醺，我很享受。

另外，我就是有方法自 high，氹自己開心。昨晚我刷牙，被阿姐用很差的語氣催促了，我愈發覺得自己是監犯，心裡在生悶氣。

醒來後，我想到了應對方法：我有一個喜歡的歌手性格很心急，會對動作慢吞吞的好友說：「快啲啦！」那種情景在旁人眼中是很惹笑的。我決定以後當自己受委屈，就要用腦補的形式，用自己喜歡的聲音取代阿姐的聲音，對自己「施暴」。想到這裡，我便笑到停不了，心情愈發亢奮。

（這種排解壓力的方式，當然不是天生就懂得的，是近年我意識到自己長期情緒不好遲早會死，才迫自己學習面對。誰說樂觀學不來呢？）

藥物加上心情影響，我覺得自己好像輕得會飛，便伸出雙手，一邊在病房裡散步（步伐不穩，時不時快要摔倒的姿態），一邊幻想自己像小鳥一樣飛翔。

「我是一隻小小小小小小鳥……」食完早餐，我就唱歌，「有幾多個小字㗎？」

「五個。」「七個。」玩緊大話骰咁，院友個個亂答，根本就唔知。

我愉快地唱歌，也愉快地和所有人聊天。

我會藥物上癮嗎？但我沒有吃鎮靜劑呀，利痛抑怎會有這種奇效？

是但啦，難得咁鬼興奮，仲諗咁多做乜啫？

就快沖涼，我忽然看到我的心理學家在玻璃面前飄過……

「我杯茶又嚟搵我。」我忍不住向火透露心跡。

木門剛好打開，我有點心虛，希望心理學家聽不到。

阿姐叫我的名字，我走到門前，對著心理學家笑說：「你又喺我沖涼嘅時候嚟搵我嘅？我兩日冇得沖涼喋喇。」

「哦，你係呢個時間沖涼嘅？」她的雙眼笑成一條線。

問過阿姐的意見後，她便離開了，一個小時後再回來。

我便有多一個小時可以期待，可以輕飄飄。我不只是覺得自己會飛，而是靈魂已經飛起來，進入了天空之城，來到長滿花花草草的廢墟，那個適合和喜歡的人野餐的無人之境——這當然是文學修辭，咁低劑量嘅藥物點可能有咁嘅效果啫！

洗澡後，我照鏡，至少把自己的病人模樣稍微掩飾一下。

10 時半，她回來了。

她熱情地和我打招呼，問我今日覺得點。

「今日有啲暈，個感覺好輕飄飄，好 hyper。」

她續說：「但係……」

我不知道她憑甚麼捉得住我沒有說出口的話尾，她看不到我口罩裡的表情呀，我相信我雙眼是很輕鬆的。或者連我自己也沒有意識到，我心裡有這個「但係」。

我很意外，有一種內心被洞察了的感覺。也許是之前兩次的交談，讓她知道我是一個很內向、很文靜的人吧。

不完全正確。我其實是個矛盾結合體，每一個我，都係我，問題係我能不能擁抱每一種面向的自己呢。

「但係我覺得這個我很不像平常的自己，怪怪的。」

她建議我可以和醫生說說藥物的反應，然後我們繼續談起痛症。

我說：「我看過一些書，原來病痛可以是人不自覺地製造出來的，可能是為了逃避現實，或者是 attention seeking，想有人關心自己……」

我忘了她有沒有反應，我正忙著滔滔不絕地理性分析。

「話唔定有咗病人呢個身分，我就可以逃避一啲社會責任、家庭責任。同埋我鍾意寫作，如果我有病痛，咁我就返唔到全職，可以專心寫作喇。」

「諗到咁長遠呀。」她微笑著，「咁你覺得自己係咁？」

「我也不知道，我只是懷疑有沒有這可能性……其實病痛很多時也阻礙了我寫作。」

意識層面上，我根本不想有病！手痛寫唔到嘢，做唔到自己最鍾意嘅事，好痛苦呀！我的潛意識喜歡虐待自己嗎？

「即係有啲書提出咗呢個可能性，你疑惑自己係咪咁樣啫。」她歸納著，「其實痛症的確可能有唔同嘅成因，情緒都可能會有影響。」

她問及我對自己的疼痛狀況的觀察，例如甚麼時候會痛多一點，工作時會怎樣，和朋友相處時又會怎樣，生活上有沒有感到壓力等。

那實在是一個惡性循環，我惡劣的情緒的來源就是痛症，而情緒又會導致痛症加劇。我諗起嗰條咬住自己條尾嘅蛇，生命係幾時開始兜圈㗎？

她提到了人在緊張的時候，肌肉會不自覺地收緊，反過來如果學習放鬆肌肉，其實有助緩和情緒。

她便教我放鬆肌肉的方法，和我一起做練習。

「首先收緊手臂肌肉，感受下手臂肌肉喺收緊嘅時候係咩感覺。然後放鬆，又感受下放鬆嘅時候係咩感覺……」

每組肌肉做兩次，由手臂，手掌，額頭，雙眼，牙關，頸部，腹部，大腿，到小腿。

「感覺點呀？」完成後，她問。

「的確係放鬆咗，但係同一時間因為坐呢啲硬凳，我開始 pat pat 痛，個腦好似有兩個意識，一方面感覺到手手腳腳放鬆咗，另一方面又意識到 pat pat 痛。」

「除咗坐喺度做，其實都可以瞓喺床上做呢個練習嘅。」她解釋著，然後怕我忘記，給了我兩張紙，紙上列印著放鬆練習的步驟和要點。

她完成今次的任務，便離開了。

我拿著記念品回到房間裡，小心翼翼地把兩張紙摺好，放進外套口袋裡——實在係幾變態，我好像回到了盲目莽撞地暗戀別人的少女時期般。

你已經係條廿幾三十歲嘅中女嚟㗎喇，唔好咁黐線啦！——各位，我已經鬧過自己好多次㗎喇。

偏偏火又來撥火，「佢真係好有型喎。」

「佢男仔定女仔嚟㗎？」金忽然插嘴。

「男仔定女仔又點啫。」我反白眼。

「即係男仔定女仔啫？」

「唔答你呀，你把聲大聲到清水灣都聽到囉。」

同房還有其他新院友，我不希望別人知道。

「同性戀者」還是一個讓我感到不自在的身分。

無論我是個怎樣的人，我還是和其他人一樣渴望著愛，也許太渴望了一點，才注定會受傷害吧。

社工的話

食精神科藥物會上癮嗎？

加重利痛抑的劑量之後，作者形容自己亢奮得像「小鳥一樣飛翔」，整個人輕飄飄的，說話語無倫次，令她不禁思考：「我會藥物上癮嗎？」相信不少人都與作者一樣，對於精神科藥物有這個迷思，甚至令人卻步，不願意接受治療。那麼，究竟服食精神科藥物會否使人上癮，變成癮君子呢？

在回答這個問題之前，我們要先簡單認識精神科藥物的種類及作用。現時治療抑鬱症和焦慮症的藥物主要針對三種腦神經傳導物質，分別為血清素（Serotonin）、去甲腎上腺素（Norepinephrine）及多巴胺（Dopamine），它們都可以令患者恢復正常情緒及提升動力，而不會上癮。但如果由高劑量突然停藥，有機會導致停藥反應（discontinuation syndrome），例如增加焦慮、失眠、煩躁、頭痛等。個案若按照醫生指示，循序漸進地停藥，就能避免不良反應。

食藥不等於上癮

確實有部分精神科藥物會給予人舒服愉快的感覺，例如鎮靜劑會令人產生輕鬆舒緩情緒、煩惱全消的感覺，因此，亦有人會濫用鎮靜劑，例如藍精靈及白瓜子等。但必須強調的是：服用鎮靜劑不等於「上癮」，要視乎服用者的心態及服用的劑量，例如在沒有醫生的指示下自行增加劑量或自行購買服用，追求飄飄然的感覺，這樣便算是濫用鎮靜劑，可能已出現依賴或上癮。

加藥減藥必須問准醫生

加藥或減藥需與醫生商量，假如病人希望有休藥期，亦需要諮詢醫生的專業意見，切忌擅自停藥。最重要是，要向醫生了解每隻藥的不同特性，不要道聽途說，坊間資訊不可以盡信，亦未必適用於每個病人身上，因此一定要向醫生問清楚。

又嚟單獨囚禁懲罰

金在外頭有一些私事急需處理，鬧出院鬧了好幾天。

「我哋都好想幫你呀，我哋都好心急，好努力搵緊醫生！」姑娘乙說得咬牙切齒，非常誠懇。她是其中一個最關心病人的護士，總是面帶笑容，很體諒病人。

金卻不再相信這些說話了，也許是狼來了，也許是限期逐漸迫近。

晚上我看見她就這樣坐在床上，抱著膝蓋。在極地寒風般的冷氣中，她僅僅蓋著一張薄被子，身形單薄。

她擔心得無法入睡，看起來實在太落寞，太無助了。

這天還是她的生日。她明明早幾天還說笑，要我們吃宵夜時以牛奶代酒、以餅乾代蛋糕和她慶祝生日。真的到了這天，她的心情卻壞透了，她一起床便發了一會牢騷。

她向來樂觀堅強的一面，已經被現實的巨浪沖刷去了，孤單脆弱的內層浮上來，她只得用焦躁來掩飾。

院友鳥還非常唔通氣，煩著金，問她有沒有看過某韓劇，自顧自地說著對某個女明星的迷戀。

若是昨天，金肯定會罵：「我唔識你講嗰啲嘢呀，噚，唔准再講呀，講第二樣。」

但今天金卻像一尊石像，呆呆地坐在床上，有時還用手擦眼角。

火便對鳥說：「你唔好嘈住佢啦，佢有好多嘢要煩，心情唔好呀。」

差不多是時候沖涼，平時為了沖涼乜人都唔見的金忽然撳鐘，說要找姑娘。

姑娘來了，金説：「我哋出去講啦，我真係唔想影響到院友嘅情緒。」

她還轉身向我們道歉：「各位真係好對唔住，我唔想影響到大家㗎。」

傻嘅！有甚麼好道歉呢？她不是説過我們這裡每一個都是有故事的人嗎？她的故事，我們讀了，也代入了主角的處境，即使無法百分百體會那種深切的痛、火燒眉頭的迫切，但我們也是真心在旁邊為她著緊的。

她走到病房外，繼續向姑娘陳情著自己在外頭有迫切的事情要處理，她動作多多，語氣倔強。

她就算説無聊話，也自行攜帶了大聲公，何況現在呢？我們知她直腸直肚、大癲大肺，也尚且經常提醒她，冷靜點，細聲啲，聽下人哋講乜嘢先。

大聲唔等如冇禮貌，而家唔係有冇禮貌嘅問題，大聲多多少少都會令人覺得情緒激動。

精神病人最忌似精神病人，我們要學（扮）乖，要 decent，全世界睇死我哋，我哋都唔可以整死自己呀。（註：病得咁有自覺，其實也是自己給自己壓力，我又嚟做錯誤示範。）

姑娘一直安撫金，表示理解她的情況。我們則在房內留意著。

輪到我們房沖涼，我匆匆忙忙地把自己淋濕，卻淋不熄同樣無法離開的無助感。

洗澡後，金已經不在走廊，她和姑娘在盡頭的吉房裡。

不久，姑娘出來了，和阿姐説了些甚麼，然後兩個阿姐就板著臉，把污衣籃推進來，快手快腳把金的被鋪通通掉進籃內。

我哋班院友你眼望我眼，相當驚訝，我有一刻還天真地以為金這樣鬧一鬧，居然馬上獲得出院許可。

但下一刻，我們就看到阿姐拿著新的被鋪，走入吉房，為金鋪好床，鎖門離開。

唔係啩？唔通真係因為金情緒激動，要將佢單獨囚禁？使唔使咁絕情呀？

曾經試過一個人孤零零住在一間房嘅我，真心明白嗰種可怕嘅感覺，何況金而家打緊仗，佢好需要其他人嘅陪伴，點可以趕絕佢㗎？

我、火和土啞忍著不滿，只能夠聚集在玻璃前，向金不斷揮手。

金本來已經有大近視，平時隔著半米，她也看不清楚我們，現在相隔四間房的距離，我們對於她來說肯定只是一團模糊的光吧。

望下團光啦！向住團光行返過嚟，唔好覺得絕望呀！

她坐在床上，向我們這個方向似乎看了一眼，但很快又望向另一邊，不久就躺下來，我們看不到她的身軀了。

「望過嚟呢邊呀！」火說。

「佢睇唔到我哋呀。」我說。

「咁大動作應該睇到嘅，可能佢想自己一個人靜下呢。」還是土心水清。

沒有了最健談的金，我們變得很安靜。

只有去廁所，我們才能收窄和金的距離，但很多時候，金也是縮在房間的角落，對一切不聞不問。

直到下午，火說：「金頭先終於望咗過嚟呀！快啲去同佢say 個 hi 啦。」

我嗱嗱臨又去廁所（附近）gathering 先！

行到埋去，終於可以清楚見到金，她站在房門邊，望住我。

我即刻伸出雙手，畀咗個心心佢，佢又學我，畀返個心心我。佢面上有返笑容，雖然我知道那是強顏歡笑。

喺走廊唔留得耐，返到房，我哋三個再向一號房揮手，金終於有回應了。

我們只希望這小小的送暖行動，能讓她知道自己並不孤單。

到了晚上，金終於回來了！

「係我自己要求去尾房嘅，姑娘好好，肯畀我去嗰間房唞下，因為我真係唔想影響到你哋。」她說，她的心情已經稍為平復了。

原來係咁，仲等我哋怪錯咗姑娘無情添。

但金實在想太多了，人的情緒當然會互相影響，但不要忘記，情緒也有正面的，笑會傳染，快樂可分享，人能夠互相扶持。

不過我想，她向來堅強，大概不願暴露自己的脆弱吧。有間單人房可以盡情畀佢喊下，都係一件好事，她的確需要發洩一下情緒。

當時已經過了宵夜時間，沒有奶，沒有餅，但甚麼表面嘢也不重要，有人就夠啦。祝願她生日快樂，大一歲，轉個運，人生有新轉機。

臨出院都要畀人鬧鑊金嘅
!

金終於獲得醫生批准出院，我覺得醫院上上下下左左右右前前後後也為她慶賀。最開心應該是姑娘吧，畢竟金據理力爭的態度不是容易應付的。

「個醫生幾串呀，叫我去睇返我個私家，唔好再返嚟搵佢喎。」金依然是炮仗，一焫即著，回病房發洩不滿。

「請我都唔睇佢啦，我出面睇開嗰個醫生幾好呀，係你哋唔肯放我走咋嘛。」

總算一天都光晒——才不是呢，現實生活的問題依然存在，對金來說，人生白白在這個鬼地方浪費了一個多星期。這裡雖然凍過「冬天飲雪水」，但其實是個溫室，金一出院馬上就要面臨考驗。

當時好像是下午兩三點吧，她很大可能需要先住一晚酒店，但她只有 500 蚊。

「打畀 XXXX（某政府機關），由朝打到晚都搵唔到個負責人呀。你諗好今晚點算未呀？係咪諗住住一晚酒店？」姑娘乙問，當時她和金已經為住宿問題討論了一段時間。

「你畀返部電話我，畀我 book 間酒店啦。」

「唔得㗎，呢啲要你出咗院之後先可以做。」

「咁我都冇酒店嘅資料，出咗院之後我又冇紙同筆，點樣抄低啲資料呀？」

「所以我哋咪話，你不如喺度住多一晚，聽朝出院大把時間畀你慢慢搞。而家搞埋啲出院手續，你出到去都可能五六點。我哋唔係唔想幫你呀，keep 住幫你打畀 XXX，都搵唔到負責人。」

「我真係唔想喺度住多一晚吖嘛！你畀我走啦！」

「唔係話唔畀你走呀，但係我哋都冇理由推咗你出去，唔理你嘅安危㗎嘛。你今晚諗住點算先？有冇地方瞓呀？」

討論內容無限輪迴，我懷疑如果沒人打斷，應該可以 loop 到明天日出……

最後姑娘乙説：「不如咁啦，而家仲有啲時間，你諗多一陣間再決定啦。」

聽咗咁耐，其實我都幾同情姑娘。金有時候的確很固執，好像世間就只有一條路，就算是死路，她一決定了，任何人也無法阻止。

姑娘離開後，金問我們：「知唔知道 A 區有冇酒店呀？」

「唔知喎。」我們答。

「我知 B 區有一間嘅，但係點樣由呢度去呀？搭的士幾錢呀？」金問。

「你得 500 蚊，夠唔夠住酒店㗎？仲搭的士！」火説。

「我冇衫著呀，要借醫院啲衫，著到咁樣畀人見到點算呀，梗係搭的士啦。」金解釋。

「C 區好似有兩間酒店嘅。」我壓制著自己反白眼的衝動，嘗試説一些有建設性的話。

「貴唔貴㗎？」

「我之前望過下，可能都要 5 嚿水㗎，你真係慳啲使啦，搭輕鐵幾蚊雞咋嘛。」

「係囉，搭的士起碼幾十蚊㗎。」土説。

「500 蚊應該夠住一晚呀？間酒店喺 C 區邊度呀？」金問。

「確實嘅銀碼我真係唔知，我唔想累咗你，到時唔夠畀，我真係唔知你點算。」我說。

火又勸說：「咪係囉，你不如喺度留多一晚啦。」

「我唔想留低呀。」金重複著，無情情問我：「點解你又知間酒店要差唔多500蚊嘅？」

「拍拖嗰陣想去（消音）咪知囉！」我終於反白眼，問啲咁無謂嘅問題做乜啫！

火笑著問我做乜鬼咁誠實。

搞下氣氛啫。

我們建議金不如出院後，立即用手機查詢酒店電話，格下價，查出最平的酒店。

「我冇紙同筆，點樣抄低啲酒店資料喎。」

「問人借囉，再唔係去文具店買啦，點都有方法㗎。」我說。

其他人也有給出很實際的建議，但金只是不斷重複著：「唔得㗎，我唔會咁做。」

寶寶心累了……

金實在太像我媽，或者老一輩都有一個通病，只相信自己，不願意接受別人的建議（放心，我媽唔會睇到）。

金執著於自己的決定，以往的我也有一種執著，就是老是想改變別人。每當身邊人三番四次向我訴苦，我便會很上心，給出各種建議，希望對方的困局可以有轉機。

其實誰也不會輕易改變，我也是。如果話變就變，我們也不是我們了。昔日的我總以為自己是為別人好，苦口婆心又煩又霸道，反而得罪了來訴苦的人。

任何人也無法輕易理解別人的處境，旁觀者當然覺得分手、轉工、搬屋通通都是 easy job，輪到自己咪一樣企咗喺度。

我明明話過唔再咁樣做……

但係喺呢個 moment 我真係要爆喇：「唔鬧你真係唔得㗎喎！好心你做人唔好咁執著啦！有咩咁大不了啫？求其買件衫、買支筆有幾難呀！你唔係有好重要嘅事要處理咩？仲喺度計較埋呢啲芝麻綠豆嘅事！」

聲大大又好口才嘅金即刻謝晒皮，好似做錯事嘅貓仔，乖乖地聽我訓話（貓才不會這樣乖好不好！）。

我問佢：「你今年幾多歲呀？」

「XX 歲。」佢又真係好似小學生答問題咁答我。

「咪係囉，XX 歲都仲唔化！你自己又冇衫著，又嫌醫院啲衫核突，又唔肯去啲時裝店幾十蚊買件衫著，你想點啫？知唔知而家咩環境呀？你得嗰 500 蚊咋！唔好咁多要求啦！」我都真係唔知原來我嚡起上嚟講嘢可以咁快、咁順暢。

我繼續訓話：「咩叫馬死落地行呀！你而家係好兜踎，但係你處理咗啲急事，返返工搵錢，咪再慢慢搭的士囉！你聽就聽，唔聽就罷，我唔想再嘥氣鬧你。」我返埋自己張床，涼下陰風（我張床特別大冷氣」），下下火。

「聽。」她點頭，「你都講得啱，我份人真係衰執著嘅。」

我慢慢回氣之際，金忽然説：「我出到去可以攞錢㗎，唔係淨係得 500 蚊。」

我真係恭喜你呀！

早啲講啦！討論咗咁耐，一路都講緊 500 蚊可以做到啲乜嘢，做唔到啲乜嘢！

最後搞咗一輪，加上姑娘游說，金終於願意在醫院多留一晚，然後第二日，佢食埋中午餐飯，終於走得。

出院前，她仍然和姑娘爭論著衣服的問題。

「尋日個姑娘明明同我講可以著住醫院啲衫走㗎！」

「唔可以㗎，邊個同你講呀？」

「但係我自己冇乾淨衫著呀。」

「點會唔乾淨呀？」

我覺得我再重複寫這些話，編輯大大會以為自己眼花。

結果就是姑娘直接把金的衣服拿到她的眼前，她才願意把根本不骯髒的衣服穿上，滾水淥腳離開。

很多時候我們也會把問題放大，想著最壞的情況，但也許處境根本不是那麼壞呀。即使身陷絕境，人總是有能力於絕處重生——當然先要有這信念。

點都好，第一個走得嘅院友，出咗去之後唔好擰返轉頭喇（背後靈表示嘻嘻嘻）。你咁堅強，我信你得嘅！

第四次會談：
你不尷尬，尷尬的就是我
!

那是星期五的下午，我忽然在護士室裡看到我的心理學家和她的上司。於是我便飛奔去洗手間照鏡，至少把頭髮弄得整齊一點。

出來後，她一個人已經在走廊坐好了，等著我。

我察覺到她雙耳通紅，但當然不是因為我。

她問我這幾天狀況怎樣，還有沒有輕飄飄的感覺。

「淨係第一日先有，尋日（第二日）情緒就跌返落嚟，好低落，好唔開心，尋晚痛哭咗一場添，用張被冚住自己猛咁喊。」

「唔想畀其他人睇到？」

我點頭。

「因為咩原因唔開心呀？」

「郁多咗所以痛多咗，然後焦慮又多返啲，覺得啲藥好似冇用咁。還有……我想起了我的前度，很想念她。」

「點解突然間諗返起你個 EX 嘅？」

突然間問啲咁嘅嘢嘅！

我望下佢，又移開視線，望下埲牆，「咁講有啲尷尬喎……」

她微笑，「你唔想講可以唔講㗎。」

我繼續望住埲牆，佢繼續等。

「如果真係唔想講，唔緊要嘅。」

（傲嬌協會會員在掙扎。）

醫心，不坦白怎麼醫呢？雖然這是無關痛癢的事，但有時候我是一個坦白得過分的人。

「因為見到你，你讓我想起她。嗯。」

「嗯。」她的表情語氣似乎沒有變化，「係我啲乜嘢令你諗起佢呢？係我似佢……」

剛好有人經過走廊，發出嘈雜的聲音，我便胡亂説著謊言：「因為你嘅髮型、衣著……嗯。」

「嗯。」

「真的很尷尬呀！」我笑著，伸出右手在我倆之間的空氣揮動一下。

「唔尷尬呀，冇嘢呀。」她笑著，依然很專業地問：「你諗起佢，有咩感覺？」

「我很想念她……很內疚，覺得自己之前沒有好好珍惜她。」

「你話過當時因為出現疫情，你覺得自己一中肺炎就會死，所以好耐冇見過佢。」

「對，其實那時候我就應該看醫生。」

其實十年前我就應該更積極地看醫生，看一個找不到病因，就看第二個，公立醫院不行，就該試試私家醫生。為甚麼要忍痛十年？害自己的疑心病愈來愈重，害自己愈來愈不相信醫生，種下了深信自己體弱多病的禍根……

真笨！蠢到加零一！

我不想的，我實在是不想的……

疫情是導火線，但主因是我一直沒有好好關注自己的情緒，沒有病識感——意識不到自己的心生病了。

身體的毛病，居然和情緒有關？我怎麼會知道呢？在香港，精神健康的知識是貧乏的，心理治療也不是唾手可得的資源，大眾對於精神病人只有害怕和歧視，同理心不是教育的一部分。

是我諱疾忌醫。我已經是性小眾了，實在不想再得到另一個更令人避之則吉的標籤呀。

心理學家問起了痛症的情況，談到分散注意力的方法，我說會在腦裡重溫看過的電影或劇集的內容。

她讚我記憶力幾好，「最近睇過邊套戲呀？」

「楊紫瓊嗰套《奇異女俠玩救宇宙》。」

其實那不是我近期看的電影，但我卻這樣回答了，幾乎是不假思索，我的潛意識早已偷偷決定了這次會談的主題。

「鍾唔鍾意呢套戲呀？」

「鍾意呀，套戲都探討咗幾多嘢，有啲種族議題呀，性別議題呀，移民呀……」我有點語無倫次，其實在兜圈，「還有媽媽和女兒的關係。」

「呢齣戲令你諗起好多嘢？」

我點頭，「我和媽媽的關係就好像電影裡面描寫的一樣。」

「你話過你媽媽會因為一啲好小嘅事，例如係個煲蓋冇擺好，就會將你同爸爸比較，令你覺得自己好冇用。」

我點頭，「其實現在好多了，之前我和媽的關係比較疏離，但自從我病了以後，我和她多了聊天。」

「嗯，你同媽媽關係好咗，媽媽都應該好關心你。」

「對呀，只是有時候我覺得她並不明白我。」

「有邊啲事令你有呢種感覺呢？」

我知道我會說出口，由提起那套電影的一刻起，便注定了這次我們會談到我的秘密。但那總是難以啟齒的，即使是她，分明也和我一樣的她。

我猶豫著。

她看到我神色有異，「唔想講可以唔講㗎。」

我吞吐了一會，「都講咗咁多咯，講埋佢啦。」我望住埲牆，唞咗一次大氣，「我喜歡女生，我媽媽不是很接受，她是基督徒。」

也許是錯覺，但我感到她的神色嚴肅謹慎了。她自己遇過這個難題嗎？她輔導過同樣有這個問題的人嗎？

「你媽媽同你講佢唔接受？」

「又唔係嘅，佢把口話接受囉，其實嗰時我拍拖，佢對我仲好過我女朋友……唔係，佢好對我女朋友……」我緊張到口窒窒。

「佢對你女朋友仲好過對你。」她笑著幫我重組句子。

「對呀，不過她有時候……會說『神唔鍾意（同性戀）』，看到電視劇一些搞基的情節會話『好核突』，又會問我『嗰時有男仔追你，你有冇後悔冇接受佢？』，我很無奈呀。」

「所以你覺得媽媽把口就話接受，但其實唔係完全接受你嘅性取向。」

我點頭，「每次她這樣說，我心裡就很受傷。人生就是由親情、愛情、事業等組成，愛情佔了很大部分，如果媽媽不接納這部分的我，就好像否定我這個人的存在一樣。社會歧視也就罷了，如果連至親也這樣……」

她點頭，「你自己期望媽媽點樣做呀？」

「我希望她能真心接受吧，如果要問，就問我『最近有冇識咗邊個女仔呀？』之類。」已經談得夠多了，我彷彿知道自己應該要怎樣做了，「我會再和她談一談。」

「你相信媽媽可以再接納多一啲？」

可以吧？至少要坦誠，讓我媽知道我在想甚麼。畢竟我是很幸運的人，比很多很多很多性小眾幸運多了。

因為性取向而和家人反面，被趕出家門，或最終不得不選擇結束生命，諸如此類不幸的事今時今日仍然不斷發生著。

如果我始終無法讓媽媽真正接納我……我不知道，那便只好改變自己的心態？但我肯定無法由衷地得到快樂呀，因為我和我的至親之間永遠都會有一條無法跨越的鴻溝。

就借著這個機會，致所有同性戀者的父母們：人生就是由親情、愛情、事業等組成，親情也是很重要很重要的一部分呀，我願意相信天下間大部分父母也愛著他們的子女，不肯接納子女的性取向肯定各有各的理由吧：想子女傳宗接代、怕給親戚朋友知道、很少接觸同性戀所以覺得這是違反自然的事……

我只希望你們能花一點時間嘗試了解我們，每一個反同的理據其實也是可以被駁回的。做同志們的父母，難，但若你們選擇放棄我們，那我們的人生將會更難。

所有外在的規範、阻撓、嘲笑也是虛幻的，唯一實在的是愛，就如兩個人之間的愛，就如父母和子女之間的愛。

擁抱愛，便能得到愛——我還是天真地如此相信著。

小結：舊嘅唔去，新嘅點嚟

每一天也有人出院，我感恩不是我，否則這本書應該寫不下去。（示範以感恩造句。）

黐線！梗係唔係啦！我日日望出院望到頸都長埋，我用間尺度過，本身我條頸已經長過 Fiona 㗎啦，再長落去，增高鞋都唔使著喇。

金成功爭取自己出院，火淨係坐喺度也獲得放監批准。我呢？我呢？唉……

這本書的文章基本上是以時間發展的順序來排列，其間不斷有院友加入或離開，我沒有刻意再說明。

反正人生就是這樣，誰來，誰去，都是這般淡淡然，進場時沒有鋪天蓋地的歡聲，離場時也沒有驚天動地的淚影，但我希望每個人也有屬於她的一個特別時刻。

第二章

Huh!

佢可以鬧人，點解我唔可以喊？

冇獎常識問答比賽：「一個人平均每一日會感受到幾多次膀胱就快爆嘅感覺呢？」

身為一個極度容易尿頻的女人，自從發覺在這裡忍尿隨時要忍足九個字之後，我便開始嚴格控制自己的喝水量，終於很成功地把「膀胱就快爆」這種痛苦經驗壓制至兩三日才一次，除返開一日不足一次，再加埋樂觀的四捨五入大法，即刻感覺 secured ！

要知道「空閒的職員」這物種就好像跌咗嘢，你愈努力去搵，就愈搵唔到。

洗廁所是情有可原，但有時廁所明明沒有人，呢頭姑娘說人手不足，沒人看顧我們所以要等，但嗰頭另一間病房卻獲得放行，看著別人截餬，我立即便想對廁所舉起某隻手指，哀號：「唔通連個廁所都唔鍾意我？」。

有一次忍得太辛苦了，我望著寫了我名字的紙水杯，心想：原來喝水會導致這種後果，倒不如我不再用紙杯盛水，反倒學嗰啲司機大佬……（請自行想像）。

後來我唯有迫自己正面啲諗，這又是宇宙給我的一課。以前我總是牢牢記著需求階梯，覺得生理需要在最底層，人類是應該追求更遠大的目標——錯晒，不好好照料自己的基本需要，讓身體也隨著心靈變得強壯的話，任你個腦巴閉到曉飛，你副偈要你瞓低就瞓低。

所以食得好，瞓得好，著得好，屙得好，呢四個好，而家就成為咗我畀自己嘅目標。

不知為甚麼令人扰心口的事情總是和廁所有關。

有一晚刷牙，我非常禮讓，讓其他院友先，自己就排在隊伍的最後。

洗手盆最多只能容納四個人，插針都插唔入，我不如先去小便吧。小便後，可以刷牙了，用杯裝滿水，擠了牙膏，才剛剛把牙刷放進嘴裡——

「刷快啲啦！仲慢吞吞！你當自己喺屋企咩！」出名最惡的阿姐向我開火。

使唔使咁惡呀！我啱啱排隊等咗幾耐呀，慢嗰個又唔係我，點解要受晒你啲氣？

不甘心是其中一個最容易令人困於迷宮的情緒。我懦弱，我苴，不嬲都逆來順受，最大的反擊就只有在離開廁所時，對阿姐嘆了一個非常沉重的氣。

當晚睡覺，用被鋪蓋著自己的頭時，我愈想愈不明白自己為甚麼要留在這個地方，活得像動物又浪費光陰。出院為甚麼遙遙無期？

情緒一下子來襲，也許本來就存在，慢慢累積，我不自覺也從來不曉得如何發洩，終於積聚到某個程度才爆發。

那種感覺很複雜，除了對環境不忿，更對自己有深深的憎恨。

真係冇鬼用！呢啲芝麻綠豆嘅事都值得你喊，好心你堅強少少啦，點解個個都冇喊，點解個個都冇周身痛，點解個個都冇焦慮到想（消音），得你咁（消音）折墮？

無法改變環境，又無法改變自身狀況，難道我真的要盲目地樂觀，感恩世界給我這些考驗，愈墮落愈快樂嗎？（上一章已經黐咗）。

我偷偷飲泣，希望無人聽見。

第二天早上，另一位社康姑娘來了。她逐一認識院友，輪到我時，我忍不住訴苦。

我說起很想出院，說起一眾院友常常被職員呼呼喝喝，也說起為免要忍尿，我不敢喝水。

「唔得喎，一日要飲八杯水㗎。」她說。

佢真係唔知㗎喎。

首先以每日可斟水的次數來計，根本就冇可能飲到八杯水。夜晚 8 點吃藥後，為免多夜尿，我們都必須丟棄紙杯。土說自己有長期病，覺得辛苦，想留低杯水濕下喉嚨也不獲批准。

「你試下畀人困住喺間房，唔畀你屙尿吖！我諗你都唔敢飲水！」我話。但講完對方都唔明，講嚟做乜呢？

我又哭了，毫不掩飾地在所有人面前哭了。

我的負能量太沉重，把來關心我的資深姑娘也擊退了。（之後再見她，我有和她道歉，說希望冇嚇親佢，但更大的考量是，好驚佢會寫花我個牌板，話我情緒唔穩定囉。）

火來到我身邊，裝作要給我一拳打醒我，說：「你就係太臉善呀，邊個鬧你，你就鬧返佢，咁佢就唔敢再惡㗎喇。」

我點頭，還好有明白人安慰。但我能做得到嗎？

就算別人對我壞，反擊那一刻的確會很爽，但事後我總是會內疚，覺得自己沒必要讓對方不快樂。偶然會受情緒驅使，做出一些傷害別人的小事，也不代表他是個壞人呀。

看來我真的喜歡虐待自己……

我從小總是覺得沒有人會喜歡我，所以總是特別注意自己的言行，做錯了些甚麼微不足道的事也會放在心上老半天，在這裡我實在很怕被當成難頂暴躁的病人呀。

為甚麼要那麼在乎別人的看法呢？如果樂觀可以練習，麻木也可以練習嗎？為甚麼我連一個陌生人的喜愛也想乞求？我真的那麼缺乏愛嗎？

我係大喊包，sor。但每個人也有自己排解負面情緒的方式吧，有啲人會掟嘢，有啲人會不斷向唔同人訴苦，有啲人會鬧人，有啲人會喊。

如果惡爆阿姐可以鬧人，點解我唔可以喊？

最重要係，喊完要企得返起身。我喊完就排晒毒，轉個頭又落足力扮彈結他、跳騎呢舞，娛樂自己，也娛樂他人，非常有責任感地驅散自己帶給這空間的負能量。

諗返，或者喊就係我身體嘅應對方法，排多啲水分出嚟，咪冇咁容易急尿囉！應該係，除非唔係。睇嚟我副傝其實醒到加零一！

社工的話

覺察、接納與行動

相信每個人都曾經歷過挫折與壓力，情緒來襲時不但會批評自己，甚至會否定自己的負面情緒，認為自己「不應該喊」、「釋放負能量就會嚇走人」。正如作者認為自己不應該為了「芝麻綠豆嘅事 」而哭泣。但作者最後也接納了每個人也有自己排解情緒的方式，自己則是以哭泣的方式釋放情緒。而覺察與接納情緒，正是接納與承諾治療（Acceptance & Commitment Therapy，ACT）的第一步。

ACT 可以協助我們增加心理韌性，當一個人的心理韌性愈高，就愈可以覺察當下的身心狀態、開放地經歷要面對的事情、以價值觀引導自身的行為，為我們建立更幸福快樂的生活。

以下淺談作者如何實踐 ACT 當中部分的核心概念，我們又可以從中學習如何帶著開放、非批判的心態接納自己的情緒：

1. 專注當下（contact with the present moment）

   將意識全然集中於當下的經歷，這是讓自己充分有意識地與當刻身處的環境、內在的心靈連結。

2. 認知脫鉤（cognitive defusion）

   學習退後一步思考，將自己與思想、影像、回憶保持一段距離。我們觀看自己的思考，而不被自己的想法纏繞糾結。我們可以視自己的想法就只是「那些想法」，讓它們陪伴我們認識自己，而非控制支配我們。

3. 接納（acceptance）

以開放、非批判的的態度來看待、容許一些不想要的內在經驗（private experiences），例如思想、感覺、情緒、回憶、衝動、影像及知覺，允許它們自由地來去及停留，而不對抗、逃避或壓抑它們。

4. 價值觀（values）

甚麼是你想於此生秉持的？甚麼是你想在有限的時日裡做的？你會想怎樣對待自己、他人及身處的這個世界？價值觀就像指南針，一直在我們的言行舉止上給予我們方向。

5. 承諾行動（committed action）

依據價值觀設定具體可行的短、中、長期的目標，並且實行它們。這些符合價值觀的行動包括肢體及心理活動，只有致力把價值觀應用在我們日常的行動才能令生命有著意義。

我們不妨像作者一樣，讓自己痛快地哭一場，哭完之後，重新做回快樂自在的自己。

參考資料：

Harris, R., & Hayes, S. C. (2019). *ACT made Simple: An Easy-To-Read Primer on Acceptance and Commitment Therapy.* New Harbinger Publications.

監禁我，仲要扣起我啲藥！
!

這裡的生活真的不容易過，失去自由，常常被催趕，要和時間鬥快，照不到陽光卻 24 小時被燈光照射著。

我們無所事事，人生只餘下食屙瞓。乜都唔使做，餐餐有人煮埋畀你食，照計應該好幸福才對，怎麼會覺得自己已經不像人，而像動物呢？

這裡是醫院，我們進來是被維修的，當然不應該要求甚麼。醫院的環境甚至不應該太好，住得太舒服，隨時讓人產生想留下來避世的想法。

社康姑娘說，有些人來過三、五次，出去打個轉，又回來了。因為在這裡生活可以暫時脫離媽媽、老婆、女兒、打工仔等身分，專心做回自己，專心做病人。

病人主要有兩類，自願入院的或是被強制送院的。根據我相處過的院友中，自願的比強制的多。

就算是自願，住不過一兩天，誰也想盡快離開了。其實誰會真心願意入院呢？不過是因為我們渴望活下來，想被醫好。個個都話想死，唔通個個都真係想死咩，只是一時之間陷於問題當中，無法掙脫罷了。

我們有病，但我們也有努力掙扎求存呀。

對於有自殺傾向的人，醫生可以直接強制送他們入精神病院，但被強制等同失去選擇權，如同被宣判入獄，對病人打擊很大，隨時不再相信醫護。所以醫護一般也會苦口婆心勸喻病人簽自願同意書，至少讓他們覺得自己是有自主能力的。

強制送院多數涉及警方，例如院友 G 吞藥自殺之前自行報警，她由警方送院，在普通醫院被搶救，待情況穩定下來，就有兩位法官簽字，對她頒發強制送院令。

奇怪的是，院友 G 說她被強制送進來後，又需要簽自願入院同意書。

「個社工同我講，強制就唔使畀住院費，自願就要畀錢。有冇搞錯呀！迫我入嚟，又要迫我簽自願，仲死都唔肯放我走！」院友G非常唔忿氣。（註：我嘗試上網 fact check，但搵唔到料，我係垃圾。）

「我知道今次係自己做錯咗，我發誓以後都唔會再咁做㗎喇！我睇開私家，有藥食㗎，又唔畀返啲藥我食！我日日都瞓唔到覺呀！」

我忽然記起普通醫院的小插曲。當時在急症室病房，男病房有些騷動，原來是某男病人拿起隔籬床院友的尿兜，把尿淋在院友身上。

後來我聽到姑娘抱怨：「扣住人哋啲藥，又唔開返啲藥畀人食，梗係出事啦。佢本身好哋哋㗎。」

病人病發，肯定會為姑娘帶來不便吧，姑娘沒有怪罪病人，反而很體諒其背後的原因，難得。

不准病人吃自己攜帶的藥物，原意是保護病人，只不過當中引發的問題，就值得思考了。

在普通醫院，醫生的確每日也會巡房，但每個醫生做的決定也不盡相同，有的有求必應，有的你講三次，他們也在幫緊你、幫緊你（敷衍）。至於在青山，病人不是每一日也能見到醫生，想加藥減藥，就算是最普通的喉糖，錯過了，也要捱幾天。

按照西方醫學來説，精神病就是腦部的化學物質不平衡或有缺失，那就等於糖尿病人缺乏胰島素，血壓高的病人血壓高（廢話到一個點），總需要吃藥控制吧。

我很好奇，如果知道病人食開血壓藥，醫生會唔會開返血壓藥畀病人？對於精神病人，會有差別對待嗎？

世上最喜歡精神病的人，可能是編劇和作家，殺人犯有精神病，還猙獰地笑，看來真的可怕。我們從小就接觸這些資訊長大，便錯誤地以為所有精神病病人都有暴力或傷人傾向。反倒是有多少施暴者，並沒有精神病呢？

精神病有太多種了，今時今日為了去污名化，精神病被細分，一部分疾病被稱為「情緒病」。

如果大家對於有生理疾病的人（例如坐輪椅）會想提出援助之手，為甚麼卻又對於有心理疾病的人避之則吉？（可能有人會覺得坐輪椅就唔應該出街阻鬼住晒，sor，我誤會咗佢哋潔白嘅心靈。）

不過相信大眾對於情緒病，將會有愈來愈多認識，這實在是一件可悲的事，因為這代表愈來愈多人患上情緒病了。

社工的話

有精神病就會發癲打人？

部分新聞傳媒及影視作品會大肆渲染精神病患者的暴力行為，容易誤導公眾認為精神病人都會作出暴力行為。正如作者所說：「我們從小就接觸這些資訊長大，便錯誤地以為精神病病人通通都有暴力或傷人傾向。」 令公眾無從了解其實大部分精神病患者是沒有暴力傾向的。

根據精神科醫生指出，有暴力傾向的精神病人只屬少數，約佔整體精神病人的 5% 左右，而大多是因為缺乏適當、及時治療或受到不同環境因素影響而產生暴力行為。作者提及在其他醫院的經歷，男院友之所以會將尿液淋在其他人身上，是因為他的處方藥物被扣起，以致他情緒失控。至於大部分精神健康有問題的人並無暴力問題，相反，患者都是較內向和被動。

精神病患者需要的，是愛與接納，而不是歧視與污名。

邊個拎 LV 手袋入嚟呀？
!

我忽然聽到姑娘說，有病人隨身拿著一個 LV 手袋。我很好奇，入住這間「五星級酒店」的時候，不要說手袋，連內褲也要脫掉。

居然有人可以得到特權，包包隨身？（根本不可能發生，示範用來填充字數，沒有意義的反問句式。）

其實護士們為了逗大家開心，會為物品改一個別稱，就好像容易跌倒的病人要穿著的黃色背心，叫「黃袍」，所以「LV 手袋」也有其他意思。

有人猜得到那個包包是甚麼嗎？提示：黃色的。

猜吧，猜吧。

讓作者不用自言自語，不用單機，不用看起來像個大笨蛋，嚟啦，寫書真係好悶呀。（示範情緒勒索。）

估呀！叫你估呀！（假裝情緒失控。）

你可能冇講出答案，可能藐緊我，但我能讀到你心裡正冒出了一個連你自己也不知道的念頭——係尿袋。猜中了！你好叻呀！（接受言語獎勵吧。）

院友風插著尿喉，隨身拖著尿袋，黃黚黚……

子華神都講過護士工作有幾值得敬佩，他們每天面對的就是屎尿血濃痰，即使在精神病院也不例外。

疾病不會給你特權，你有精神病，不等於可以免受身體病痛的折磨。相反，那簡直有加乘作用，愈傷心，就愈能感覺到身體上的痛苦。

不過根據風所說，她本來沒有泌尿科疾病，是普通醫院的姑娘不許她小便，逼她插尿喉，她才會淪落到要時刻拖著包包的田地。

當然那只是她的片面之詞，姑娘咁做實有原因嘅。我猜，風太自由奔放的性格也有點關係吧。

風本來是我第一個認識的院友，但因為身體問題，她要在另一間醫院多留幾天。於是直到兩間病房合併，兩大「舞王」才終於相遇。

這時候房間住滿了八個人，人均可用空間縮小了一半，十足十劏房，讓人感到了實實在在的壓迫感。

之前散步還可以「條路我嘅」，現在房裡有四個喜歡散步的院友，行步路也撞口撞面。

我最怕撞到風。她的 LV 包包金光燦燦，受到碰撞會不會爆開呢？我賠唔起呀。

不管尿袋裡的尿液有多滿，風仍然可以活動自如，散步時不只是走中間的大通道，還會鑽到別人的床邊，佢個手袋成日喺下喺下，同我哋啲床鋪發生關係……

老實講，我連自己啲排泄物都抗拒，所以初初看到這個陌生人走到我床邊，真係唔得佢死。

而且她喜歡跳 Cha Cha。她不只會向前跳，還會向後跳，除非她有甚麼特異功能，但我估佢後尾枕應該冇眼。所以每次她跳舞，其他人總會迴避，把大舞台讓給她。

偏偏佢會邀請我哋一齊跳。

調房之前，只有我們金、水、火、土四個院友，那時我無無聊聊便擺動身體，跳「核突舞」。剛好有一次聽到電台播《江南 Style》，我便拙劣地模仿騎馬舞派下膠。

「水跳舞好叻㗎！」而家一個二個以為我好跳得，起哄要我和風一起跳。

唔該晒喎。明明我就唔識跳舞！咁重要嘅事，我講咗三次喇！

我看我還是退回安全地帶，看姐姐跳老舞好了。

後來，認識咗風多幾日，我便對風的形狀有更好的了解。她總能帶給我們歡樂。

她好識感恩，成日多謝我哋四條女傾偈傾到大大聲，像搖籃曲讓她特別好瞓。她又多謝我成日「游乾水」，鼓勵了她也活動活動，她甚至會模仿我，終於成為了「游乾水派」嘅大弟子。

有時候，大家都非常奄悶，待在床上像電量不足的精神病人（示範扮比喻），但風還在跳，她充滿動力的模樣對我們總有提神作用，變相我要多謝返佢轉頭嚕。

每天堅持地做自己喜歡的事，努力苦中作樂，其實相當不簡單。

風還有一項絕技，就是喜歡在刷牙的時候大大力噴水（配上「pu4」的音效）。明明空間不足，大家要兩三人共用一個洗臉盆，她卻不會理會旁邊有沒有人，大大力「pu4」出嚟，簡直是水花四濺，威震八方。

「快手啲啦！咁鍾意『pu4』，返屋企慢慢『pu4』啦！」有一次她被惡爆阿姐罵了。

風「pu4」得太好笑，惡爆阿姐又鬧得太搞鬼，我笑點低，又要焗蟹（因為我站得超遠，也沒有被罵，所以才可以當個風騷花生友）。

最妙的是，風會回嘴：「催咩啫？成日阿支阿左嘈生晒！」

愛死你呀風！支持你繼續炒花生，繼續「pu4」！

風經常抱怨被困著，不能返工，不能曬太陽，個人愈嚟愈冇精神，病懨懨的。

初初我覺得，你有冇咁鍾意返工呀黎生？

但住得耐，我發現我真的非常想恢復健康，拿拿聲去瘋狂返工。

說到底人總是希望自己有價值，而這個社會就日以繼夜地告訴我們，返工搵錢就是人的價值，這是一條最簡單的路。

人失去了經濟價值，彷彿也就失去了生存價值。我們不敢休息，甚至留在醫院裡被強制休息，也會有罪惡感。（難道就真的沒有價值嗎？）

嗱，而家我工就返唔到，不過就有一次曬太陽嘅機會——為確保我並非被錯誤地分到精神科，醫生安排我照腦電波，看看我的身體有沒有實在的毛病。

於是我終於可以離開這一座樓，到另一座樓做檢查了。

激死我！點解條路有咁多瓦遮頭㗎！

我被一個阿姐和一個護士護送著，像三文治一樣夾在中間，難以偏離航道，走到陽光底下。

那種感覺是「就算怎麼伸盡手臂 / 我們亦有一些距離」……呀……陽光呀……（讀者超想對戲精嗌「cut ！」）

但錯過了這次機會，就不知何時才能再見艷陽天了。於是回程時，我鼓起勇氣行過兩步，像接受聖光加冕一樣面帶微笑，用尷尬而不失禮貌的姿態微微張開手（曬個太陽使唔使咁多內心戲呀大佬）。

陽光、微風、花草樹木、浪潮聲、愛……「愈美麗的東西我愈不可碰」——錯呀錯呀，我偏愈要碰，因為這些通通都是免費的！免費！（變成了貪小便宜的俗氣理由……）

雖然你總是要辛勤地工作過，才能夠在忙裡偷閑的時候不帶著內疚感去享受這些免費的東西。

回到病房，我沒有把曬到太陽的事告訴任何人，這實在太像放閃，聽說放閃是不道德，會被群毆的。

何況我太渴望將當日和暖的希望私藏起來，皮膚微溫的觸感，靈魂之窗重新適應世界——那是單單屬於我一個人的純粹快樂，我才不會「pu4」出來給你們看！

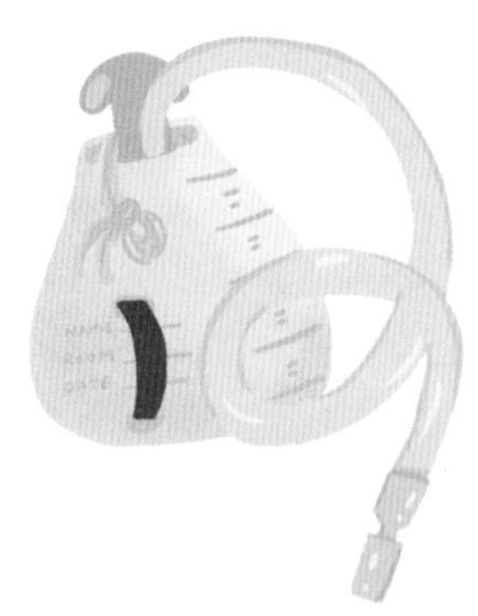

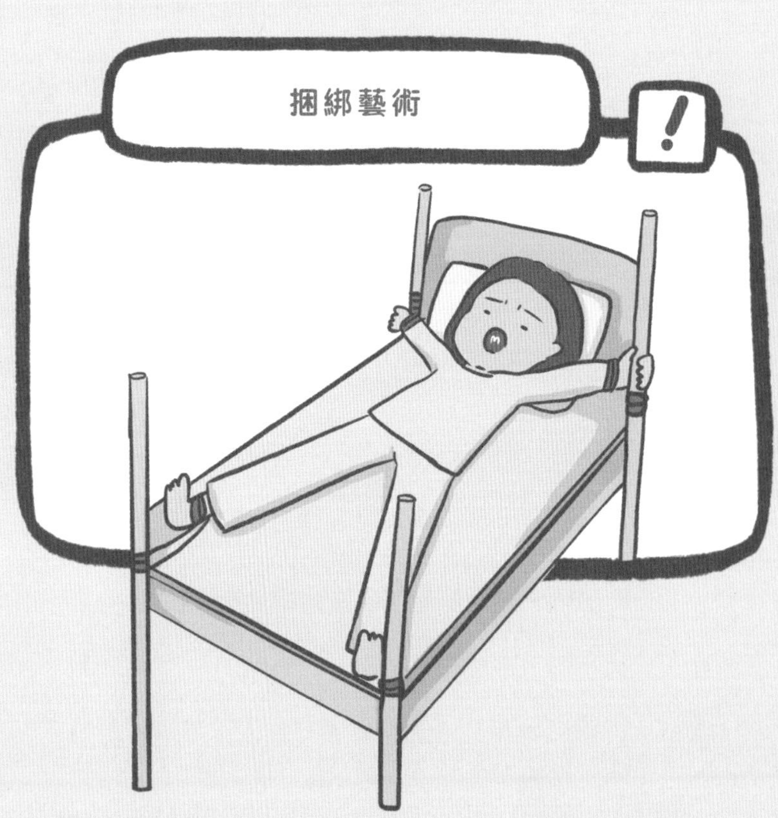
捆綁藝術
!

看過關於瘋人院的電影，病人在失控的時候總會被一堆職員制服，用綁帶緊緊地綁在床上，被注射藥物後昏睡過去，就算醒來也是呆呆滯滯的。

在現實裡我未見過。

首先在我住的病房（ward，一共七間細房），整層病人也是比較平靜穩定的，我沒有見過一般大眾所想像的那種精神病發——聲嘶力竭、極暴躁、想傷害人之類。病人被綁起來，通常也是因為自殘。

第一個被綁起來的女孩是隔籬房的院友 B。這件事之後，我多了留意她，發現每當關了燈，所有人都在睡覺的時候，她總是坐著，靜靜地看著前方。

「呀！！！」

那時候，有一把淒厲的慘叫聲讓我抬起頭來。

一間 ward 大約有十個職員當值吧，包括護士和阿姐。

當時我見到所有職員都圍著院友 B 的床，出力把她掙扎的四肢拉到床的四角，然後再用好像皮帶一樣有不同格數來控制鬆緊度的白色綁帶，將她的手腳和床角綁起來。

她整個人呈大字形，不斷哭喊大叫。

不久之前我才看到她和其他院友有講有笑。我不知道她為甚麼被綁，是為了她的安全吧？

但她這樣痛苦，這樣失去自由，彷彿只是一件物件，而不是一個人。

即使是旁觀者，我心裡也不好受，而且非常害怕。如果我的情況再差下去，或做錯了甚麼，會受到這樣的對待嗎？

那是一種壓倒勝的力量呀，沒有談判的餘地，沒有抵禦的可能。

大字形，那是一種我曾經以為最放鬆的姿態，忽然變成最赤裸，最無能為力的形狀。

我按著雙耳，緊閉眼睛，嘴裡小聲地亂唱著《We wish you a Merry Christmas》，迫自己分散注意力。

風説我怕事。我當然不滿，卻沒有閒暇和她爭論。其實佢講中咗，我嘅性格真係幾細膽，加上病情嚴重了之後，任何風吹草動都會令我變成驚弓之鳥。

我繃緊的神經似乎無法再接受任何外來刺激，明明對我沒傷害性的事件，卻觸動了身體，我的心震顫著。

也許我的身體比我更早知道答案，在我未意識到要自我保護之前，給了我警號。

這樣被捆綁過後，自我會被碾碎吧？好像大鏡子碎成數十塊——羞愧、無助、憤怒……自我就碎裂成這些情緒，不再完整了。

就像我們這些來自不同背景的病人，彷彿不再是人了，只能成為一堆情緒的代名詞。

這是我第一次看到最接近病發的時刻，以及醫護和疾病本身的具體角力。世界與我無關，但我終究還是受到了精神打擊。

沒有被打針，B 一直清醒地哭喊，直到一刻她閉嘴了。叫得多淒厲也不能鬆綁呀。

當晚半夜，我發現她閉上了眼睛，大概是終於能睡一覺好的吧。看來被捆綁還是有一定好處的。

但對於她，後來我始終記住的，是那坐在床上，半睜著眼睛，像夢遊一般呆呆地望著遠方的形象。

求援，卻始終得不到回應，是從斷線那一刻起，就失去了價值的風箏，只能繼續飛、繼續飛……

如果說綁起四肢看起來很殘忍，那只綁著腰部似乎相對人道。

腰帶其中一個用處就是保護見頭暈卻喜歡下床的病人。病人被關在床上，還是能坐起身，能郁動手腳。反正我們每天大部分時間也是躺或坐在床上，無所事事。

綁帶有一個必備的同伴，叫尿片。頭一晚我試過被強行包尿片，但那是尿不出來的，心裡很抗拒，所以就算包了尿片，有些人還是會要求尿盤。尿在盤上，總算覺得自己不大羞恥。甚或有人會把尿忍下來，等到解封為止。

護士說有一些病人幾喜歡腰帶，覺得被綁在床上有安全感一些。我見過兩個病人相當滿意被綁起來，護士想拆帶，她們甚至拒絕了。

我未被綁過，但多多少少能明白她們的感受。

就好像我來到這裡「坐監」，當然不好受，但於此我可以剝離了外邊的身分和包袱，專心醫病。在病房的束縛裡，我的靈魂居然無比自由。

在這裡我不能做喜歡的事，不能見喜歡的人，但同樣地我就不需要被喜歡的人和事傷害。

我當然知道這是逃避現實。但，吹咩？

機器尚且有調整期，人也應該有呀。過往我就是太害怕自己一停下來，就會被世界碾過。

我害怕痛症會令我甚麼也不能做，但反正在這裡根本甚麼也不能做，我還怕甚麼呢？居然是這種方法暫時解除了我對疼痛的恐懼。

鬆綁的一刻我會是個甚麼人？會痊癒嗎？

點解我份人咁咩㗎？

「點解我份人咁咩㗎？」這種説話我想大部分人都質問過自己，「咁咩」可能係衰、蠢、自私、醜樣、肥……

我猜自責是人類的天性，當然識得檢討也是人類的美德，但過分自責就容易種出病。入得青山，都冇乜邊個識得愛自己，嗰陣時我日日都會問：點解我衰到要入青山㗎？點解我要累我媽咁擔心？

於是當院友木訥喊出「點解我份人咁___㗎」的時候，我懷疑是我內心的惡魔具體化了，還將我的心聲爆響口。

那次是我第二次見她被捆綁。

她一個鐘頭之前面見過醫生，回房後就好像平時一樣坐在床邊，粒聲唔出。我自己也有自己的煩惱，所以沒注意她。

突然有幾名護士走入房，叫木的名字，原來她蹲了在病床和牆壁之間的地板上。她好像沒有在傷害自己吧。

陸續有更多職員走進來，他們夾手夾腳將木拉返上床，強行將她的手手腳腳扯向床邊，用束帶綁起。

「……錯呀……！」木大叫，我第一次聽真她的聲音，第一次知道她可以咁大聲講嘢。

那種聲線不是傷害耳膜的，而是混濁的，無助的，好像一個人拿著刀，刀頭卻從來都向著自己，旁人根本無法介入這樣複雜的內心糾纏。

「冇人話你錯呀。」某護士安慰。

「我錯吖嘛！」木重複著，我現在才聽到她説甚麼。

「唔好鬥力啦阿女。」某阿姐安撫。

要和獸搏鬥是很辛苦的，十個八個職員出盡氣力。我終於明白為甚麼社康姑娘的椎間盤突出是工傷。

終於，他們又完成了一次捆綁藝術，離開房間。

但獸卻渴望釋放，一直以來在陰影之中咬噬自己，想必很痛苦吧。

「全世界都話我錯吖嘛！係我諗嘢有問題吖嘛！點解我份人咁___㗎？」獸吶喊。

我忽然覺得這一間擠了六個人的房間被掏空了，讓給了獸。

她是如此孤獨，在被人類簇擁的世界裡，她的痛苦沒有誰理解，她的痛苦被草率地捆綁起來。

「我唔想㗎……我唔想㗎……對唔住呀……我冇心㗎……」她很後悔自己失態，又累自己失去了不知幾多個鐘頭的自由。

她慢慢地安靜下來了。

我始終沒有説些甚麼，誰也沒有説些甚麼，安慰的話沒有，普通聊天也沒有。

她將我們一直對自己的傷害演出來了，我們是不敢直視的。

自我價值低落的人最可恨是他們總看不到自己的好，無論旁人稱讚幾多次，他們總是不聽，還是會認為自己___。

木未到二十歲已經進出過醫院多次，最長那次住了半年。

她很愛音樂，會彈結他和打鼓。

一個會打牆自殘的結他手。她的一雙手從手指到手臂也布滿傷痕……我馬上便從木身上看到了那個對我很重要的，她，的影子。

「你打牆呢個行為，令我覺得好有親切感。」我詞不達意到喪心病狂的程度。

其實我只是想表示，我想和她做朋友。

我發覺自己很想對她好，想把她當成親妹妹一樣關心疼錫。

因為我覺得她是一個很可愛的女生。她有年輕所允許她的無厘頭，會常常背誦廣告（係一字不漏背晒出嚟），她還有她獨特的幽默，最重要是她很善良。

我一直渴望自己能變得善良，我是刻意迫自己做好事的，或者是種子才剛萌芽，每每遇到事情打擊，我便會回復本性，但木對著誰也能夠善良。

例如有一個院友係大喊包，之後再詳細寫，簡單講就係佢會以火警鐘嘅聲線喊足幾個鐘，我同其他人都畀佢逼到就嚟黐線，木更加畀佢觸發咗兩次病發，畀人綁得好鬼無辜。

所以當喊包問問題，或者有甚麼需要，我們都不會理睬她。除了木，她依然很有耐性地幫助對方。當木主動同喊包傾偈，安撫佢，我都受佢感染，加入埋一份。

不知這和她資深的住院經歷有沒有關係，她一定遇過很多不同的病人，更惡頂的她也可能遇過，所以才這般懂得包容人吧。

或者她的信仰也有影響，她是天主教徒。

但你知啦，我哋呢啲基婆最怕教徒，我會假設對方對我這種人有敵意。在外面我未至於深櫃，但一半朋友和所有同事都不知道我的性取向，而喺呢度我冇乜包袱，還像十月芥菜般亂咁移情，包唔住嘅情感讓我訴說暗戀的苦。

我向木談到了我的心理學家，問她有試過鍾意咗自己的心理學家嗎？她說沒有，因為她是異性戀者，遇到的都是女心理學家。不過她有懷疑自己鍾意過某男醫生。

天呀！嗱！唔係得我一個係咁樣㗎！

然後我又問到，你嗰間教會有冇好反對同性戀，佢話，天主愛世人吖嘛，咁其實應該人人都愛，係唔係同性戀都冇乜所謂。

當時我只覺得呢個朋友識得過，而家落筆寫低，忽然好鬼感動，因為就係佢鼓勵咗我，早幾日我同我嘅教徒好朋友出咗櫃喇。

其實你話一個咁善良嘅女仔邊忽___呢？

真正係___嗰啲「人」仲著緊一套高級人皮，喺條街度來去自如。冇乜權力嘅起碼殺傷力低微，做到乜乜公司、乜乜機構高層嗰啲，就真係害人無數。我懷疑佢哋有冇曾經問過自己：「點解我份人咁___㗎？」

社工的話

性傾向、LGBTQ+ 與精神健康的關係

我們都渴望得到無條件的愛與接納，但擁有 LGBT+ 身分認同的青少年卻有機會因為性傾向與異性戀不同，因而遭受誤解、排斥、甚至歧視。香港中文大學心理學系於 2018 年發表的《LGBT 社群心理健康研究報告》亦指出，「每三個 LGBT+ 受訪者就有接近一人出現中度或嚴重程度的抑鬱症狀，較香港公眾人士報告的百分比多出一倍以上」。 歧視的言行都會令許多 LGBT+ 青年都會抱有「自己異於常人」的想法，亦會因為性取向承受巨大的心理壓力，害怕面對出櫃後其他人的反應而選擇隱瞞自己的性取向。

臨床心理學家與作者的對話，正正反映了同志青年揭露自己性傾向的焦慮。當臨床心理學家想了解有甚麼經歷，令作者覺得母親不明白自己，作者便開始猶豫是否要將喜歡女生的「秘密」分享給心理學家。猶豫背後，是擔心未知的拒絕。但心理學家知道作者的性傾向之後，不但沒有批評、質疑，而是帶著接納、開放的心態，走進作者的內心世界。

正如作者所寫：「所有外在的規範、阻撓、嘲笑也是虛幻的，唯一實在的是愛。」讓我們帶著更多的愛去擁抱身邊人，讓彼此活出真實而自由的自己。

參考資料：

陳俊豪、麥穎思（2018）。《LGBT 社群心理健康研究報告系列（一）：心理健康》。香港：香港中文大學心理學系，多元文化及全人健康研究室。

註：LGBTQ+ 的分別含義

LGBTQ 其實是由 5 個英文單字的字首所組成的縮寫，分別為：

- Lesbian 女同性戀者
- Gay 男同性戀者
- Bisexual 雙性戀者
- Transgender 跨性別者
- Queer / Questioning 酷兒

「+」則為以上所為提及或尚未找到描述方式的性向所提供的詮釋。

音樂之鬼啪啪啪
!

木仍然被綁起四肢，過了一會，有姑娘來關心她的情況，問及她的生活、思想。

木這刻説話像鬼食泥，姑娘卻總是重複著她的話，而且聲量很大。

姑娘離開後，木把上半身抬起來，問：「你哋聽到晒？」

你話嘞，你叫我點答呢？

換轉是我，我也討厭自己的想法或私隱被陌生人知道。但若説聽不到，那實在是太虛偽了。

「不要緊的，我也很害怕 XXXX 的。」我是希望木可以覺得有人和她一樣，讓她沒那麼孤單，但這分明承認，我們把她的私事聽得一清二楚。

她聽到後，沒有答話，繼續躺著。

孤單。

從小到大，大部分時間我也是自己一個人。當然我很擅長獨處，或者説是太擅長了。我不喜歡人，也怕人，怕不被人喜歡，那就自我封閉吧，卻羨慕著熱愛社交的人。

有時我覺得我的不喜歡也是某種心理防禦機制，十一、二歲左右我被好朋友嫌棄過我很悶，我知道小孩的説話是不值得記住的，那時候的我們還未學習到怎樣不傷害人，但我記住了，不懂得怎樣才能釋懷。

我媽在我中學的時候，便説過我是個無情的人。不久之前她還是這樣説，我也不想這樣呀，我也在努力學習對待別人好，我也希望當我願意敞開心扉，和別人親近時，對方也願意和我親近。

從沒覺得自己好到值得誰為我留下，到最後誰都總會離開我呀，怕受傷害，把別人推走是我的強項。

是我讓自己成為孤島，活該，活該。

不記得是木先唱起歌來，還是我先，反正我們是各自唱各自的歌，一起在音樂的世界裡得到慰藉，卻仍然一起在音樂的世界裡成為不打算尋找共鳴的深海孤鯨。

外面的世界不重要了，內心的傷痛也不重要了，只要有歌，我們可以忘記自己，忘記時間。

忽然她唱起了《*Bohemian Rhapsody*》，我便走到她床邊，起勁合唱。

唱完，木忽然抬起頭來，我見到佢塊面紅晒。

佢話：「唱到勁 Hyper 囉，咩料呀！」

「我都係囉！」

我哋大笑，繼續唱各自嘅歌，彷彿一切都可以唔重要喇。

講咗咁耐，都未講我同木點結緣。

時間回到昨天。

木還是很沉默，就算落床，都只會圍住自己張床嚟走，不像我們在整間病房之中蕩來蕩去。

因為我懷疑是自己唱歌的噪音讓她在前天病發，所以我不敢打擾她。

同房的風向來沒有顧忌，和木搭訕，訴説著在普通醫院被綁的苦，木總算應了一句半句。

這樣，我才敢試試關心木，但只不過是這間房可以去廁所的時候，順便邀請她一起去的那種程度，沒有真的聊天。

我通常是和土閒聊打發時間。我一說到《*Bohemian Rhapsody*》，便看到在牆角的木豎起了兩隻手指公，用蚊子的聲音說：「好正……」

我主動打開關於音樂的話題，但和她也不過聊了幾句。我還是戰戰兢兢的，她更加是。

之後，她坐在床邊，雙手打起無聲的空氣鼓，腳踏地，發出有節奏的重音。我便樂了，我一早發現咗病房有大把靚位可以敲擊。

床褥係悶悶嘅響聲，床架係冷硬嘅敲鐵聲，床頭木板聲音最好，係溫暖嘅木頭聲。

我敲打床板，是經典歌《*We will rock you*》的節奏，木望我一眼，便拍起同樣的節奏來：啪啪啪，啪啪啪……

我們一起合唱，但我只會副歌，她卻連主歌都識，果然係音樂之鬼。

一曲終，她唱起其他英文歌，我唔識，她敲響節奏，我就笨拙地為佢加上重音的點綴。我拍子感本來就唔好，打出嘅節奏卻和佢的天衣無縫，彷彿我哋曾經為這場演奏會練習過好多次一樣。

我很久沒有試過這種快樂——純粹的快樂，不需語言，忘卻身分，就這樣和另一個人玩得很瘋，很樂。

謝謝你，陌生人，謝謝你，音樂。

謝謝我，還活著。

題外話，除了英文歌，木還會唱不文歌，例如改詞版本的《雪姑七友》（歌詞尺度太大，自己search啦，快啲search啦。）

有時候我覺得她像出奇蛋，愈開愈有，雖然我懷疑她這個年齡層的小朋友有沒有吃過出奇蛋……

有乜爽得過一齊病發？
!

是時候隆重介紹我們遠近馳名的喊包，就叫她喊包吧。

調房前，我住在二號房，她住在四號房，我們中間隔著一些距離，但我已經見識過她精湛的喊功。

當時隔著玻璃，看見她被白色腰帶綁在床上，哭得聲嘶力竭，要找媽媽。那時候我想起了《千與千尋》裡面長不大的寶寶。

只見護士說：「由得佢喊囉，喊到攰就會收聲㗎啦。」

那時我沒有留意喊包，或者是刻意無視吧，遠離負能量是人類的天性。只是偶然看見阿姐餵她吃下午茶，阿姐扶著她出出入入，我只奇怪她為甚麼要人幫呢。

某天洗澡後又要調房了，當看到喊包連人帶床被推進我們房時，木悄悄跟我說：「好驚喎……佢會唔會喊㗎……」

我也有些少害怕，但當時還未意識到情況可以咁鬼大鑊。而且喊包的床，剛好就在我的旁邊。

我記得我們有兩天風平浪靜的日子，我和木愈來愈熟（也許是我一廂情願），在這裡生活有一種無憂無慮的錯覺。

突然，喊包開始哭了。當時是剛吃過早餐不久。

她的哭聲是怎樣的？是火警鐘響時，你站到它正下方的感覺。

初時我只是用被單蓋頭，後來真的受不了，便走到土的床那邊，躲著。

由走廊看入病房，土在左邊第一張床，木在左四，喊包在右邊第三張床，我在右四。

土旁邊的床（左二）是一張吉床，我坐上去，辛苦地捱著。

其他人也很不好受，特別是木，她面貼床褥，緊緊地抱著自己，按著雙耳。

無助的感覺慢慢累積，我們被關在房間裡無法逃離，好像被迫與炸彈綁在一起般。

是懲罰，我們被懲罰，我們病了，所以被懲罰——住院期間，這種被懲罰的感覺時常出現，受折磨的時候感覺更甚。

上廁所是唯一可讓耳朵休息的空檔，就算沒有便意，我們也渴望到廁所躲一躲。

然後是時候量血壓。

最先抱怨的是風，「佢啲喊聲好嘈呀，調佢去第二間房啦。」

姑娘問：「點解咁呀？做咩批評人哋呀？」

「畀佢嘈到好辛苦呀，佢啲喊聲真係好難頂，好刺耳。」

其實姑娘也很無奈，卻只能說：「唔好講啦。」

大概是不想這些說話傳到情緒崩潰的人的耳裡吧，的確不應該再刺激她。但其他人呢？其他同樣受苦卻沒有大吵大鬧的人呢？是不是就注定被忽略？

誠實點吧，我並不善良。當時我想：最好把喊包調走，把她關在單人房吧，她變成怎樣我才不在乎。我在心裡抱怨職員，為甚麼不能做些甚麼？

木沒有乖乖走到門口量血壓，她仍然在床上蜷縮著。

姑娘走到她旁邊，問她甚麼，她也不答，也沒有伸出手。

我擔憂地看著她，怕她病發。她那種很想保護自己卻無能為力的姿態，讓我心痛。

後來總算有姑娘無法再坐視不理，來安撫喊包，和她聊了一會，她終於肯收聲。

又有一位向來幾善良的阿姐，在風再次投訴的時候，悄悄地說：「唔好話人啦，將心比己，其實你都明白有病係幾辛苦㗎啦。」

這些說話敲在我的耳朵，把我的超我喚醒。對了，我是決心想要學習對人好呀，怎麼因為一點小事就打回原形呢？

下午茶時，我便把一包偷偷藏起來的餅乾遞給喊包，說：「你成日話肚餓，畀多包餅你喇，乖乖哋喇喎。」

（辯護：是神奇的規矩讓很多人變做了松鼠仔囉——只在大約兩點及七點派餅乾，要馬上吃掉，吃不完就要丟。那時才剛吃完正餐沒多久，食唔落都要硬哽，到真係餓嘅時偏偏又冇嘢食。）

喊包笑著，還伸出雙手要和我擁抱。

我不記得她今天有沒有沖涼，便拒絕：「等你肯拆咗條腰帶，肯自己落地行，先再攬啦。」

她扁扁嘴，撩我們聊天，但大家只談了幾句。

如果事件到此結束，應該是不錯而且導人向善的故事吧？但現實不是這樣的，吃過晚飯後，她又開始哭了，仍然是那種震耳欲聾的音量。

我又躲到土的旁邊，用外套蓋頭，扣上鈕扣，彷彿鴕鳥把頭埋在泥土裡，的確甚麼也看不見，但耳朵卻怎樣也無法關上。

我突然聽到兩三次重重扭動門把的聲音，努力從外套的小山洞中掙脫出來後，就看到木躺在門後的地板上，蜷縮得像嬰兒，全身不斷顫抖。

職員圍在門外，想開門，但見大門會撞到木，便躊躇著。

我很擔心，來到木的旁邊，很想為她做些甚麼，便鼓起勇氣，伸手拍拍她的手，問能否給她一個擁抱。我知道在受驚過度的時候，皮膚如果大範圍受壓（即是緊緊的擁抱），是可以舒緩神經的。

那當然不是個聰明的舉動，我沒有受過專業訓練，所以職員便叫我退開，我照做。

還好大門旁邊有一道小門，職員總算小心翼翼地開了小門，進來了。

想不到她們一大堆人又拿著綁帶，圍著木，把她抬到床上，再次五花大綁起來。

我被勒令回到自己的床上，木的床在我正對面，我靜靜地看著一切發生。

「你又係呢個鐘數病發！」護士甲說，「點解呀？真係次次都係呢個鐘數㗎喎！」

我火都嚟！

你冇理由唔知發生咩事㗎？明明就係喊包嘅喊聲太嘈，累到木病發㗎喎，點解要綁起木？點解要懲罰木？偏偏冇人處理喊包？

呢個世界公平咩？

我卻只有像以往無數次被欺負的自己，把怒火忍下來，由得火把自己燒出內傷。

職員們通通退去，把門再鎖起來，把無助的我們再鎖起來。

喊包仍然在哭，唯一不變的，是木被綁在床上了，連用雙手按著耳朵也做不到了。

看著木仍然痛苦地發抖，痛苦地哭著，我實在受不了，就對喊包說：「冇人唔畀你喊，但你可唔可以喊得細聲啲呀？」

喊包看著我。

「你睇下佢，佢畀你搞到好辛苦呀！我都好辛苦呀！」我哭了。

「我都好辛苦呀！」喊包說，還是大聲地哭著。

我坐回自己的床邊，對著牆壁崩潰痛哭，卻盡力收細聲音，怕令木更加難受。

當時我不知道自己點解會冧，我哭得全身發抖，彷彿無法呼吸，手手腳腳漸漸麻痹了。

派宵夜的阿姐走來，問我要不要餅乾和紙包奶，我只能看著她，連簡單的點頭或搖頭也做不到。

我這是病發嗎？又或者只是單純的情緒宣洩，我不知道，我很辛苦。

喊包也是病發嗎？她也是無法控制自己嗎？我們不應該怪責她嗎？當然這是事後才有的反思。

三個哭著的人，三個病發的人，同樣痛苦，卻都是孤島。沒有人可以進入我們的世界，沒有人能夠安撫我們，我們唯有掙扎著，等待見鬼的情緒過去。

我不能讓自己這樣，於是想到了音樂，拍著大腿，是《*We will rock you*》沉實醇厚的節奏，我一邊哭一邊唱。

其實我當時是想唱給木聽的，不過後來我問木，如果她再病發，我唱歌給她聽可以嗎？她說她其實甚麼也聽不到，病發時整個世界只有紛亂。

無論如何，木平靜下來了，甚至比我平靜得更快。她抬起頭，說了甚麼我忘記了，我只記得勁好笑。

我像溺水的人拼命捉住浮木，把那句能夠引爆我笑點的説話捉實，讓自己好好地笑了一場。

「你笑緊定喊緊呀？」木大笑著問我。

「我唔知呀！」我笑喊著。

「勁似嗰個表情符號！」

我擦著眼淚，走到門邊，對阿姐説：「我喊完喇，可唔可以畀返包餅我食呀？」

我要增肥！我要生存！我要畀啲掙扎！

木又笑到傻，哀號：「我又要飲奶呀！」

我笑得更樂了。

兩條傻仔，梗係唔得啦！人哋收咗檔喇！

最後的小插曲是這樣的：當時喊包仍在哭，我雖然有一句沒一句地和木説著笑話，卻仍然處於驚恐狀態。

我都唔知自己驚乜鬼，但我就係好驚，好驚。我在土旁邊的吉床抱腿而坐，一邊哭，一邊震。

那個惡爆阿姐進來幫喊包換尿片，她看見我這樣，居然安慰我，還提議我調床。我雙手合十，像拜活菩薩一樣拜著她。

調床當然需要姑娘同意。姑娘來了，阿姐在我還猶豫著該怎樣開口的時候，代我和姑娘説了，我馬上抱著被單逃到吉床去。

多得阿姐，我總算能安心一點點了。心就是這麼奇怪，我還在努力了解，潛藏在我體內的獸，潛藏在我體內的傷。

電影《鯨》（英語：The Whale）當中有一句我很喜歡的對白：「你有冇呢種感覺呀……人係做唔到唔去關心人㗎。人真係好正。」（出盡奶力翻譯）

那一個阿姐平時勁惡，但畢竟也不壞。時間夠久，人平時潛在水底的溫柔，還是會浮上面的。人，的確好（消音）正。

心水清的你，大概也看得出我想 tag 邊首歌吧。

「用鯨魚浮出水的溫柔 / 做美好的獸」——《囂張》，由周耀輝填詞、盧凱彤作曲和主唱（也別忘了編曲人！是何山、蔡德才及盧凱彤）。

謝謝這首歌，給我安慰。

謝謝妳，存在過。

社工的話

真正的同理聆聽

同一間病房住了不斷放聲大哭的院友，確實能想像刺耳的哭聲有多麼滋擾，也難怪院友們會向姑娘投訴。但當醫院阿姐提醒院友將心比己，希望院友明白情緒病發辛苦，便完美示範了我們經常說的「同理心」。

同理心 VS 同情心

有時我們會將同理心與同情心混為一談，但其實兩者大有不同。同理心（empathy），是嘗試以開放、好奇的心態，理解對方的感受和情緒背後的原因；同情心（sympathy） 則是對他人的遭遇而感到憐憫、難過。同情心的感受源自於自己（你真可憐），給人從高俯瞰、憐憫施捨的感覺；相反，而同理心從他人的角度設身處地想象、理解對方的處境和感受。

說出口的同理心

同理心並不只是頭腦理解了對方，而是需要表達，以語言猜測對方的感受和背後的想法，並邀請對方確認我們的理解是否正確，好讓對方知道我們的回應與自己有所連結、共鳴。如果下次喊包再次失控大哭，我們可以說：「你現在看起來好難受，是否因為吃藥很辛苦呢？有甚麼我們可以做，令你過得更好的呢？」

未必每個人都經歷過精神病，但我們可以發揮同理心，想像對方正在經歷的痛苦，陪伴他們渡過情緒的海浪。

第五次會談：
快樂總是和痛苦捆綁著
!
Social
Distance

星期二上午，她來了，我早預計得到。

我感受到她的態度沒之前那麼親切，她大概是意識到應該和我保持距離吧。

心理學家和病人的距離很難拿捏，既要關心病人，讓他 / 她打開心扉，卻又不能太近，避免出現移情作用或倚賴。但一切已經太遲了，從一開始便注定是這樣。

她問起我的近況，我們閒聊著，又說起了分散注意力的方法，我說會在腦裡重溫看過的劇集。

她問：「諗起邊套劇呀？」

「因為呢度太似女子監獄——」

「《*Orange Is the New Black*》？」她馬上意會到了，笑著說，氣氛總算暖起來。

那是一齣 Netflix 很經典的女同志美劇，兩個相愛相恨的女人在獄中重遇，再續前緣。

「呢度真係好似哩，只係冇咗啲……算啦，唔講。」sheshe* 浪漫情節——我沒有完成句子，唔想又尷。

她問起我的心情。

「加咗藥之後，呢兩日我有種好虛無嘅感覺，好似乜都冇分別，開心同唔開心都冇分別，痛同唔痛都冇分別……」我頓一頓，瞇起眼睛，「to be or not to be 都冇分別。」

（後記：這只是我服用藥物的初期反應，當身體適應了，就沒有了這種感覺。）

「嘩，諗到咁遠呀。」她笑說。

*「sheshe」即指女同性戀

不是説想得愈多，人就愈不快樂嗎？我不知道我這算是感受到虛無，抑或是放棄了所有感受。

「我覺得自己好似一嚿木，冇晒情緒。例如有啲事，我知自己會覺得唔開心，但係我只係意識上知道自己會唔開心，但冇咗唔開心嘅感覺。」

「咁開心嘅感覺呢？」

我思考了一會，「都識得開心，但係個強度冇咁大囉。」

「你自己點睇呢件事？」

「如果可以冇咗焦慮同恐懼，我諗我唔介意自己咁樣。」

「嗯，都可以接受到嘅。」她回頭看看病房裡面的情況，「咁同院友嘅相處點樣呀？我見病房好似又多咗人喎。」

「幾好呀，我而家會主動關心啲院友，撩下佢哋傾偈，又會唱下歌跳下舞氹佢哋開心。」

「你不嬲都會咁做嘅？」

「之前唔會㗎，但係自從自己病咗之後，就想改變，我想自己做個好啲嘅人，多啲關心人，對人好啲。」

「你覺得點為之好啲嘅人呀？」

我望下埲牆，視線飄飄下，「呃……咪就係識得多啲關心人，對人好啲囉。」

嘩，真係妙問妙答。

見我忍唔住笑，佢都笑咗，「嗯。雖然話呢度都幾似監獄，但似乎你都搵到個方法去令自己開心喎。」

我瞇起雙眼，想訴苦的慾望令我無從阻止我的唇舌，「唯一就係有個院友會成日講啲好奇怪嘅嘢，佢會無啦啦話佢個鄰居跳樓呀，邊個又死咗呀之類。我聽到會好唔舒服。」

我繼續說：「其實這幾年間，當我聽到有人提起跳樓自殺（這次想直視，不想消音了），我就會避開，如果避不過，我會有點心跳加速和手震。」

「係幾時開始咁樣嘅？」

我猶豫了一會，還是說了：「四年前 Ellen 離開了之後。」

但我不再看著她。

「嗰陣當你避開嘅時候，你係有咩感覺嘅？會唔會怪責自己？」

「沒有呀，但就是覺得很不開心，不想再聽到那些事。」

「其實有情緒是很自然的事，你察覺到自己的情緒，離開那個環境其實是好的…… Ellen 離開了……」

我一邊聽著，意識一邊飄遠，她的說話多多少少有安慰作用，但字詞就好像碎裂的拼圖，事後我回憶不起來了。

「其實現在我會避開接觸她的一切，但矛盾的是，當我感到快要窒息的時候，她的歌總能安撫我、接住我……我覺得好像所有會讓我快樂的東西，也會讓我痛苦。」

「有沒有其他事情都一樣？」

「例如寫作，我的前度，我的朋友們。」

「你話過你分散注意力嘅時候會諗返起同朋友開心嘅回憶，咁同朋友相處上有啲咩會令你唔開心呀？」

「唉，我班朋友當中有人鬧交呀，平時我係會做和事佬嘅，但係呢排我好攰，就唔想理佢哋嘅是非。」我自行大事化小，小事化無，「不過都 okay 嘅，我出院之後會試下修補大家嘅關係。」

「所以如果解決到嘅話，朋友係可以帶畀你開心，而唔係痛苦？」

「點講呢……我都唔知呀……其實我們認識了很多年，漸漸會覺得大家好像愈走愈遠，很有距離感，所以當中其實也有痛苦。」

我苦笑著補充，也許不過是自我安慰：「但我明白這件事必然會發生，人生就是這樣，甚至是因為有這種強烈的矛盾和張力，生命才美麗，才會有藝術上的那種美感。可以説是缺陷美吧。」

她說：「Imperfection makes perfection.」

「Exactly.」我擘大口望住佢，有一種被理解嘅感覺，「所以我覺得人生裡每件事也有如一個 package 般來臨，快樂總是和痛苦捆綁著。」

「人生有好多苦難的確係冇辦法避免，好多時都要 suffer，如果選擇為咗啲乜嘢而 suffer，讓苦難有意義，你覺得咁樣可唔可以呢？」

我點頭，苦笑，「學習和痛苦共存。」

「除咗你頭先講嘅事會令到你有雙重感覺，有冇邊啲嘢係會令到你有純粹嘅快樂呀？」

我認真思考，「好似真係冇乜……」

我最近有個習慣，當我意識到自己太悲觀嘅時候，另一個我總會跳出來，「其實都有嘅，睇書、睇戲啦，好似入咗另一個世界。」

然後我哋再傾返痛症管理。

我話：「其實都知道理論上應該點樣做嘅，只不過唔係咁容易做到。不過聽到你講多次，好似又有多啲信心。」

佢笑住回應：「咁我之後繼續同你講多幾次啦。」

佢今日講到聲都沙埋，最後我拋下一句琢磨了老半天的話：「飲多啲水啦，你把聲好沙呀。」

「哦，講到有啲沙。」她低頭。

我急急腳瀟灑地走人。

我係真心渴望自己可以成為一個對人更好嘅人，你哋唔好諗太多，呢幾日畀我關心過嘅人，唔只佢一個。

社工的話

一人一個解憂急救包

當我們跌倒受傷，我們會用急救包為自己療傷，避免傷口發炎；正如當我們的心靈經歷過各種壓力與創傷，也需要好好療癒。即使作者受藥物影響，情緒來襲，但透過臨床心理學家一層層的引導，她也發掘了苦中作樂的方法。我們可以提早裝備屬於自己的「解憂急救包」，建立最適合自己的解憂方法，每當情緒低落受困時，便能按照當下的需要為心靈包　。

1. 我的快樂清單

當臨床心理學家問作者有甚麼事能令作者感到純粹的快樂時，作者便回答：「睇戲睇書」。又有甚麼事情能讓你感到純粹的快樂呢？快樂不一定要夢想成真，大富大貴。發掘生活中讓自己心情變得愉快的小事，無論是聽喜歡的歌、到公園散步、與朋友說笑話等，列出這些事情，作為你情緒低落時的急救配方！

2. 我的解憂啦啦隊

雖然作者在精神病院裡難免會經歷孤單和悲傷，但在有需要的時候院友、醫生護士、臨床心理學家都會陪伴她渡過難關。當你需要陪伴和指引，會向誰求助呢？當你開心或不開心，會與誰分享呢？試試組織屬於你的解憂啦啦隊，隊員可以是你的家人、同學、朋友或其他你信任的人，讓你有需要時可以有人為你打氣！

3. 撐下去的意義

「人生有好多苦難的確係冇辦法避免，好多時都要 suffer，如果選擇為咗啲乜嘢而 suffer，讓苦難有意義。」臨床心理學家所說的意義，往往可以支撐我們面對人生的逆境。對於作者而言，撐下去的意義在於希望自己可以成為一個對人更好的人，渴望與人連結。給你力量的信念又是甚麼呢？可能是一句人生座右銘、歌詞、電影台詞、口號等，試試記下你的信念，更可張貼在書桌、平板電腦、手機屏幕桌布等當眼位置，作為每日的溫馨提示！

四通只能夠是四分鐘的電話
!
4分鐘

每天大約三、四點，我們可獲准用公家電話打出一通電話，限時四分鐘。這是每天我們能夠接觸到外界的唯一機會。

但首先，你要記得對方的電話號碼，不然就要麻煩姑娘從鐵櫃裡把你的手機拿出來，查出號碼。這大概也要老半天吧，錯過了今日打電話的機會，就只好等明天了。

一：

「喂，阿媽。」

「媽媽等咗你電話好耐喇，仲諗緊你幾時先會打畀我，由兩點開始等到而家。」

「不是每一天都能夠準時呀。」

「我幫你交咗卡數，電話嗰度都搞掂咗㗎喇。」

「但是要開通電話卡呀，將新卡插入卡槽內，還要在手機內做一些設定，如果你不懂也不要緊，等我回家之後才處理吧。」

「搞掂晒㗎喇。」

「真的能夠收發訊息、接聽電話？」

「係呀，完全冇問題，放心啦。」

「但電話商說要開通——」

「真係搞掂晒，你信唔過媽媽咩？」

「那好吧。」我又想起了另一件讓我擔心的事務，叮囑了媽幾句，她又重複叫我放心。

「啲廁紙用晒未？紙底褲呢？仲有啲咩要媽媽拎畀你嘅？」

「廁紙差不多用完了，紙底褲則還有。」

「聽晚我先拎畀你得唔得？」

「好呀，不用急。」

有一陣短暫的停頓，然後媽說：「我而家搭緊車去 XX 做嘢，幾好呀，時間好快過。好好彩呀，嗰日（陪個女入急症室）本身咪請病假嘅，個經理對我好好，幫我改咗放大假，唔使扣勤工嗰三百蚊呀！」

「咁好呀！熱唔熱呀？有冇好曬呀？」

「今日又唔算好熱喎，不過熱好過凍。」

「記住飲多啲水呀，唔好亂食嘢呀，就算得你自己一個人食晚餐都可以煲飯㗎，成日煮通粉你唔夠飽㗎。」

「你唔使擔心媽媽㗎，我不知食得幾飽呀。」

「尋晚你食咗咩呀？」我望一望鬧鐘，不夠一分鐘。

「雞蛋麵，仲加咗雞絲粉卷，仲有你話好難食嗰隻蟹柳呢，不知幾好味。你有冇食多啲嘢呀？」

「有呀，幾好味呀，頭先食咗雞髀。」

「真係吖，平時就話我煮嗰啲嘢食麻麻哋，而家就話其他人煮嗰啲嘢唔錯。」

「你唔使擔心我，我喺度好食好住，個個都對我好好。」

「你就聽醫生話，安心休養，唔使急住要出院㗎，總之慢慢醫好自己先。」

「我知㗎喇。」

「無論你做咩決定，媽媽都百分百支持你。我都係咁同醫生講，我個女決定啲乜嘢，我都支持。」

「嗯。」

咇咇咇。鬧鐘響起。

我匆匆忙忙地說：「夠鐘喇，總之你唔使擔心我呀，我愛你呀。」

「媽媽都愛你——」

二：

大約兩個星期後。

我問：「今日忙唔忙呀？」

「唔忙呀，而家要去 XX 做嘢，每日時間都過得好快，我鍾意出去做嘢。」

「今日應該好熱呀？收音機話三十幾度。」

「熱到爆呀！香港冇冬天㗎喇。」

「記得要飲多啲水呀。」

「梗係有飲水啦，飲到變水塘喇。」

「尋晚有冇求其食呀？」

「冇呀，好豐富，落咗好多丸。」

「又煮麵食！煮飯食先夠飽呀。」

「好啦，今晚我就買壽司，肯定夠飽。」

「有冇咁鍾意食壽司呀？」

「等你出返嚟，我哋一於去食好啲，再去食龍蝦。」

「食厭咗龍蝦喇。」

媽哈哈大笑，「連龍蝦都食厭！放題又話食厭，淨係食唔厭杯麵。」

「唔好掉咗我啲杯麵呀。」（後記：2022 年 12 月某日，某人發現於兩年前過期的杯麵發咗毛……）

「得你掉我啲嘢咋嘛，我幾時有掉你啲嘢。」

一陣短暫的沉默，媽問：「仲有冇咩想同媽媽講？」

我看看鬧鐘，時間尚餘兩分幾鐘，但我已經想不到可以說甚麼了，便繼續舊有話題：「記住食飽啲呀，你又話要肥返啲，我而家都見咗營養師，要增肥，日日好努力食好多嘢呀。」

「啱呀，增肥好呀。你唔使擔心媽媽㗎，媽媽識得照顧自己。」

「你都唔使擔心我，我喺呢度好食好住。」

一陣短暫的沉默，媽說：「好，咁收線喇喎。」

「你做嘢小心啲，慢慢行，唔好咁急呀，我愛你，拜拜。」

「I love you，拜拜。」

鬧鐘還有一分半鐘。

三：

出院前十日。

整個下午我也非常沉默，靜靜地等待著電話攤位來到我們這間房。

我練習要說的內容，一次又一次，一次又一次，面容繃緊，生人勿近。

房門終於打開了，我第一時間排頭位。

「打畀邊個？」今日輪到超好阿姐當值。

「朋友。」所有資料也會被記錄在簿上，我只可以說出這個答案。

「叫咩名？」

我說了名字，說了號碼。阿姐按鍵，撥出，一聽到電話接通了，就把電話遞給我。

過去很多很多天，我幻想過這樣的場面無數次，過去很多很多天，我也沒有撥出這一通電話。

想不到在醫院裡，我終於忍不住了。

我以為電話會被轉駁到留言信箱，然後我就可以冷靜地把想要說的話一股腦兒地說出來。

她上班時明明從來不會聽私人電話。

但電話響了一下，她就接聽了。

我太驚訝了，完全沒預計這個情況，花了一兩分鐘，還是在說廢話，說自己沒有預期她會聽電話。

咇咇咇，鬧鐘響，完了。

我簡直是語無倫次。

也許這就是我這輩子最後能跟她講的一通電話。

我說我會努力醫好自己，我說我不會再打擾她。

我一直說，一直哭。

完了。

我把電話交還給阿姐，然後回到床邊坐下，手按著牆壁，頭枕在前臂上，遮住半邊臉，放聲痛哭。

「做咩打完個電話就搞成咁㗎？放鬆心情啦。」不久，超好阿姐來到我身邊，拍拍我膊頭，安慰我，然後繼續她的工作。

我還是繼續放肆地哭，把從前掃到沙發底的悲傷通通撈出來，發洩個夠。

四：

翌日。

「邊個要打電話？」春阿姐打開房門，用她磁性動聽的聲音大聲詢問。

喊包再次大哭特哭。

我正盤膝坐在土的床上，淚痕仍然未乾。

「有冇人要打電話？」春看見沒有人回答或動身，再次詢問。

我不想打。我甚麼也不想做。

每日只能打一次電話，我一向也是打給媽，昨天是例外，我沒有提前跟媽說一聲，如果接連兩日也不和她報平安，她實會擔心。

但我真的不想動，我未驚完，我未喊完，我未痛完，我未死完。

有院友去排隊了，我始終還是站了起來，排在第二位。

電話接通了，我的聲音像機械人，重複著那些曾經說過的話：「我喺度瞓得好好，食得好好，好開心呀，你唔使擔心我。」

「尋晚有冇煲飯呀？食多啲嘢，飲多啲水，做嘢小心啲。」

「我愛你，拜拜。」連這一句語氣也是冷冷的。

我交還電話，爬回土的床，繼續用雙手　住耳仔，面向走廊玻璃，繼續感受恐懼侵襲我全身，繼續任由眼淚流下。

社工的話

與家人談論情緒病

每七個香港人，就有一個出現不同程度的精神健康問題，其普遍程度可想而知。當被醫生宣布患上情緒病的一刻，往往為患者帶來沉重的壓力，包括擔心成為家人負擔、治療費用高昂等。或者家人是我們患病的原因之一，又或者我們會害怕患病的事實會讓家人感到羞愧甚至受到傷害，種種原因都會讓患有情緒病成為一個難以宣之於口的話題。然而，與家人坦率地談論情緒病是非常重要的，因為他們可以為患者提供一定的支持。學習與別人分擔都是對自己和關係負責任的表現，確保家人了解患者的狀況，在危急情況都可以即時作出支援，使事情不會太狼狽。一開始要表達的確不容易，正如要處理傷口一樣，灑上消毒藥水的一刻總是最痛的，但慢慢摸索，總會找到合適的相處方式。

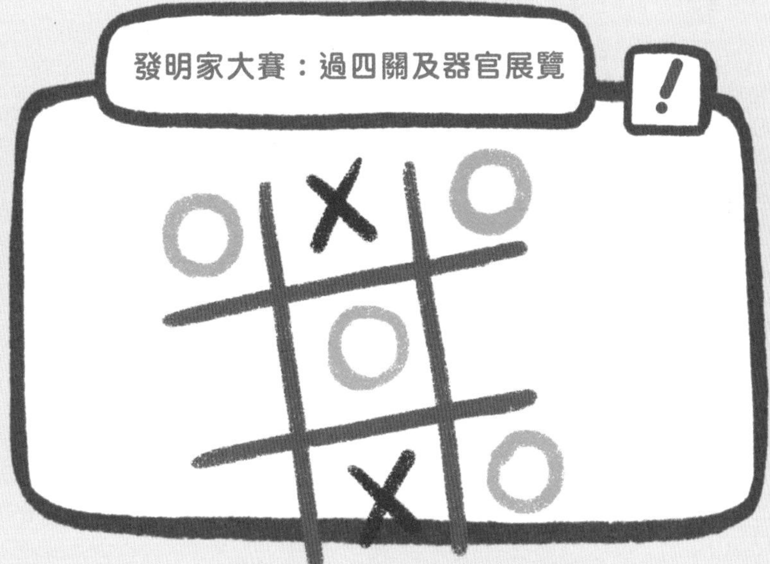
發明家大賽：過四關及器官展覽
!

在這裡住真的會悶到出菇，我已經算是一個不怕悶的人了。

我唯有無師自通，自行學會周伯通的雙手互搏之術，但係無啦啦左手打右手，實聽畀人綁，咁搏乜嘢好呢？

我在玻璃上呼氣，寫了一個粗口字逖木笑一笑之後，我忽然想到了過三關。

在玻璃上玩咗幾鋪，我終於自覺此舉太不雅了。

但這裡沒有紙筆呀！有嘅話我都用咗嚟寫嘢啦，仲使喺度發毛！嚟嚟去去都係得廁紙可以用，撕少少出嚟，摺成四條長條做框架，再搓出一粒粒圓球同細細條好似擦膠碎咁嘅棍仔，搞掂。

木笑咗笑，應該嫌我小學雞，冇同我玩，我唯有左手同右手玩啦。

玩咗一個鐘，成功消耗咗一個鐘，然後我開始悶，玩嚟玩去都好似亂撞咁，唔識點用腦。

木教我，過三關有秘訣㗎，只要整成一個三角形，有兩條路就必勝。

問題係，我左手知道，我右手都會知道㗎啵。呢啲屈機嘅招數，得一方知道先係金手指。

悶死。

然後我又發揮小宇宙，整多兩條框，搓多啲波波同棍棍，擴展成過四關。

最過癮係諗規則。雙方不斷下棋，直到 16 格都填滿晒，高分者勝。過兩關計 1 分，三關計 3 分，四關計 5 分。每一粒棋子只能被用作一次計分。

除咗自己得分，亦都要諗埋對方下一步，預早阻截對方過更高關。

（我自己覺得）幾好玩，玩足大半日都唔厭。

「乜你玩到好似捉棋咁嘅？」木問。

「因為我增加咗博弈嘅成分。」我搣下條眉，講解規則。

但係隻衰妹都係默默飄過，唔同我玩囉，嗚嗚。

是但啦。發明到一個新遊戲（可能根本就唔新），好鬼有滿足感，我第一時間就想和我的心理學家分享，問她我是不是很有創意，想討稱讚。

但她就是一直不來呀。很忙嗎？唔通係我啲感情寫晒上對眼度，令她怕了我？抑或她想降溫，和病人保持距離？

（吔，又要家長指引。）

玩咗兩日，最後都係悶到九彩，我就同木用啲波波同棍棍砌下唔同圖案，初初係哈哈笑，好快就變咗用兩粒波波同一條棍砌出色色的小鳥，然後條棍愈駁愈長……

某一些所謂「禁忌」的話題（例如精神病），就是含有大量知識，和大眾息息相關，很值得探討的話題呀。唔傾唔講，啲觀念、concept 咪隨時錯鬼晒囉。為了討論色色，忽然學院腔上身了。

木大笑，「咁長，點樣行路呀？」

我伸出右手，向胯下一撈，把不存在的東西托起來，繞過頸一圈。

木則用雙手抱著兩腿之間，裝作非常吃力地走動的樣子。

我物盡其用，砌出了五隻小鳥，再用長長的框條砌出一間屋仔。這作品被命名為「快樂的鳥舍」。

之後大半天我都將半張床讓給這幅傑作，渴望走廊經過的人都能夠欣賞到這展覽品，但好像沒有人感興趣……

好吧，我承認我是一個超級低俗的人。但只要係唔傷害到人，即管去做有咩問題呢？自己的快樂，就由自己捉緊吧。

廁紙除咗用嚟……，仲可以……
!

喺一個乜都冇嘅環境，到底點樣氹自己開心呢？我覺得呢樣直頭係人生必修課，大人細路都要學。

開心好多時唔只簡單，仲好鬼無聊，逐樣逐樣數畀大家聽下有咩無聊嘢啦。

廁紙舞

之前都提過想去廁所係要撳鐘嘅，撳完，病房出面盞燈就會著咗，職員見到就會嚟應機。

但職員都好忙，或者有其他房輪緊去廁所，職員熄咗盞通知燈，叫我哋等下之後，轉個頭可能就冇咗回事。

於是我唯有發出無聲通知——將一大格廁紙擺上頭頂，喺門口企定定。

木話我好似浸溫泉嘅人，格廁紙係條毛巾嗚。

等得唔耐煩，我就將行動升級，將一格廁紙摺成長條，用食指同中指夾住，兩隻手各拎一條，跳起廁紙舞——其實只係擺下左、擺下右，再唔係就畫圈。當時我仲用嘴唇夾住一格廁紙添。

木笑問：「你仲會唔會拎返嚟用？」

我對住佢神神秘秘擸下條眉。廁紙作為我哋唯一擁有嘅資產，又點止用嚟抹 pat pat ？污糟咗一樣有大把用途。

用嚟做符弗一樣得，得咗。

木受我感染，一齊玩弄廁紙。佢個頭（望落）冇我咁大，鋪喺頭頂嘅廁紙成日飛落嚟，佢索性將塊廁紙攝喺額頭扮黃色符，伸直雙手，跳下跳下扮殭屍。

我即刻將兩指之間嘅「白色絲帶」化成桃木劍，向隻喪屍亂咁揮，刀光劍影，槍林彈雨，凶牙利爪，跳跳扎扎。

我哋兩條懵丙做咗一場大龍鳳之後，忽然發現，木頭頂嗰張符弗應該要喺我手上，由我封印佢。

渣㗎！玩都玩錯晒！

我哋傻笑完一輪，我又變招，拎住兩格廁紙擺耳仔上面，扮變種大耳獸，向木步步進擊。佢扮驚，畀我一路追住走。

好喇好喇，阿姐知道我哋要去廁所喇。

鬧劇終於閉幕，直到下一次急尿又嚟過。

耳塞

平時瞓覺想靜下，我就會搣一細塊紙巾出嚟，搓成一個波做耳塞。

有時瞓瞓下，粒波唔知飛咗去邊，我就會搓一粒新嘅。慢慢愈整愈多，好快就通床飛絮。白色花花之中，偶然會有啲黃色點綴（耳油）……

唔只瞓覺，當音樂聲太大，或者有噪音，我都會塞住對耳。因為我對聲音好敏感，唔講情緒問題，我用耳筒同人分享音樂，對方總會話細聲到聽唔到，但如果再較大聲一格，我對耳就已經開始難受。

有一次，我瞓晏覺用咗耳塞，瞓醒後去廁所唔記得除，畀姑娘見到，佢哋就叫我唔好塞住隻耳。

我當然就陽奉陰違，喺走廊除低，返房就繼續用啦。

這是孩子耍壞壞的樂趣喔。

足球

1、將廁紙搓成手指甲咁細嘅波波。

2、拆除口罩條橡筋繩，綁成紮頭髮嘅髮圈。

3、將髮圈擺喺床尾做龍門，自己就坐喺床頭。

4、伸出食指同中指，好似左右腳咁，對住一個個波用力一踢，嚟個衝力射球。

5、向天（花板）大笑三聲，心諗戇居戇居戇居。

冇咩技術可言，射多廿幾三十次，就會慢慢掌握到力度同角度。

可惜呢個遊戲又冇院友欣賞，我自己玩多兩玩好快就厭咗。

於是我就用兩三格紙巾搓成一個大少少嘅波，放落地下，輕輕用腳將佢踢到木嘅腳邊。

木居然肯同我玩！有時候土都會加一腳添。

個波飛嚟飛去，走廊人來人往，我哋好似做賊咁，玩得遮遮掩掩，反而仲刺激得多。好在冇畀人睇到，唔係又畀人鬧。

呢一幕，我係抄電影《槍火》幾個有型有款嘅江湖人物偷偷踢紙足球嘅。

浪漫定無聊，睇你點睇啦。啲紙巾碎我全部都有執返㗎。（注意！這是刻意維護自我形象的句子。）

擲彩虹

玩波玩到悶，我又諗到另一個玩法，就係擲彩虹。

我哋冇枱冇紙冇顏色筆，唯有就地取材，見張被有好多花花圖案，一於就當佢係遊戲場所，掟中唔同顏色就有唔同分數。

原來土好鍾意呢隻遊戲，仲自己主動搓咗好多波波出嚟，不過佢搓得唔夠實，啲波波鬆泡泡，唔好掟。

但佢就玩得好開心、好專心，掟中嘅話仲好似小朋友咁輕輕歡呼添。

無論咩環境，都要有創意，無論咩年紀，都要有童心，有呢兩樣嘢，幾難捱嘅日子都會輕鬆啲㗎。

朋友

有冇睇過 Tom Hanks 主演嘅《劫後重生》（英語：Cast Away）？

嗰齣戲好似《魯賓遜漂流記》，講 Tom Hanks 流落無人荒島，掙扎求生。成套戲幾乎得兩個演員，Tom Hanks 同 Wilson。

Wilson 係個排球，上面染咗血手印，被畫上五官，仲有雜草枯木做頭髮。

Tom Hanks 喺島上完全搵唔到人同佢量度 1.5 米社交距離，只好將排球當成幻想嘅朋友，連觀眾都會當晒 Wilson 係人。

（劇透注意！）最後，Wilson 隨著海浪飄走，我睇一次喊十次。

同死物說話，真係十足十有精神病。為咗喺精神病院裡滿足扮演精神病人嘅戲癮（本色演出），我將用剩十格八格嘅廁紙筒留低，用手指甲喺廁紙上刻劃出五官，揉皺幾張廁紙做出帥氣嘅髮型——這就是我的 Wilson。

由於 Wilson 浸過鹹水（physically），所以我會用英文同佢廢噏。他聽我說了很多中女心事，也把他的秘密告訴了我——他愛上了一隻不回家的野貓。

我見他太寂寞，便再用廁紙筒，把他愛慕的貓貓送到他身邊。但廁紙筒實在太難雕刻，隻貓睇落似狐狸多啲。

真係無聊到痴鬼線，仲要每次清潔姐姐嚟打掃，我都會小心翼翼保護住嗰兩碌廁紙筒。

佢哋唔係垃圾，係我嘅朋友，是我令自己快樂的武器呀。

多謝晒，廁紙。

排便絕技
!

為免和廁板有任何接觸，無論大小二便我也是站著的，加上高壓的環境，在家裡日日讓水花四濺的我開始便秘了。

便秘是很危險的，三天沒大便就會被迫在肛門塞藥。在零私隱度的房間裡，隨便用屏風遮一遮，脫下褲子，被陌生人接觸私密的位置。

倘若是我，大概會很不甘心，我甚少便秘（和失眠！），來到醫院居然會養出從來不必擔心的毛病。

防範於未然，其實可以要求醫生開通便的草餅，但前提是你要見到醫生先囉，等得嚟都……

第一日屙唔出屎，我有點焦慮，但不要緊，好似登入銀行戶口，都仲有兩次機會。

第二日都唔得？嗱，阿姐，我真係要屙屎，你畀多少少時間我，唔好催我得唔得？

連續幾次去小便，我都會踎耐啲。明明食咗咁多嘢，居然有入冇出，唔通我個肚改咗名叫青山醫院我都唔知？

第三日，死火，係時候要用嗰塊漂水抹布抹乾淨塊廁板，乖乖哋坐返三五七分鐘。唔係真係食得屎。請問吃屎是不是就會拉屎呢？

當我在病房裡哀號：「BB 冇便便！」而且急得團團亂轉的時候，我看到木踎在床上。

我還以為這是她病發的先兆，但她忽然不斷上下踬（un），還呆呆地望著我。

一問之下，原來她在醞釀大便，曾經被塞藥的她怕了。總是木著眼睛的她做出這樣的動作來，超有喜感。

其實我也有一招排便絕技，就是焦慮。當我的焦慮指數達到 8 分以上，我條腸簡直係落咗潤滑油嘅滑梯，可以排出很多圓圓的小可愛來，一天三次也是可以的。

但問題是，我無法控制我幾時焦慮。

係喇，食蕉通便呀。每日午餐都有生果，蘋果、橙和香蕉輪流上，但自從見完營養師，我個餐淨係得返橙。

你幫我轉做蘋果，想醫生遠離我我都明，但係橙喎，大佬呀，呢度醫院嚟㗎，抗菌力高冇用㗎。

（圓碌碌的橙其實可以當筋膜球來用，碌下手手腳腳，舒筋活絡㗎。碌完就掉實在太浪費，之前喺普通醫院我會食返，但喺呢度……前世未畀人鬧過咩？ ）

我每天接過餐盤，也會說：「唔要橙。」

我愈來愈覺得出院無期，而我真係想屙屎，於是就向負責我的姑娘申請要食蕉。

第二日，仲係橙！我就嚟要將個橙當係棒球，一嘢將佢車埋去個窗度，掟佢落山㗎喇。（註：青山沒有山。）

「我要食蕉呀！」

哀號多兩日，我嘅訴求終於被滿足了。吊詭嘅係，我個餐依然都仲有橙。

結果我每一日都仲係要講：「唔要橙。」

另外，好唔公平嘅係有啲蕉比較長，而我啲蕉通常勁短。

我觀察到，某院友條蕉日日都特別長，而佢係次次都唔食，直接掉落垃圾桶嘅。

「佢條蕉咁長，係邊度嚟㗎？」我羨慕得雙眼發光（你們不要誤錯隔籬，我真的只是好奇香蕉的產地！真的！）。

邊度嚟都好，我淨係想知我嗰條蕉咁短，幫唔幫到我方便啲。

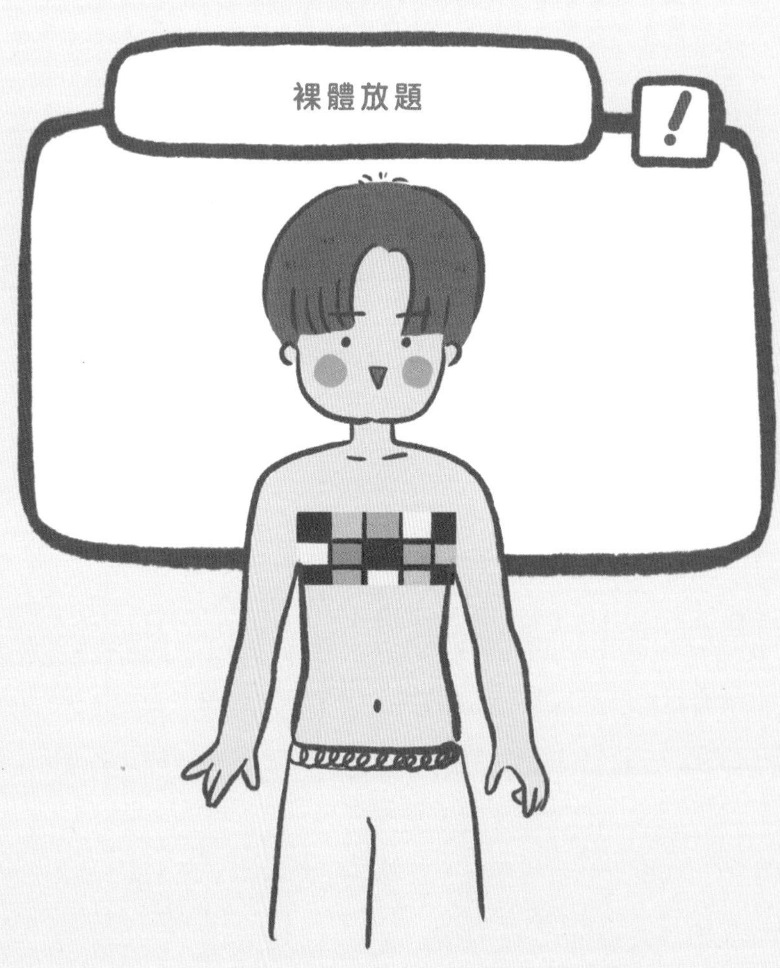
裸體放題
!

我要重申一次，我是女同性戀者。

又講一次，是因為我總會避嫌，我無法界定女同性戀者看女人的目光是否和男人看女人的目光相似，總之為免讓人覺得不安，可免則免吧。而且我討厭看到非愛人或影視作品以外的女性裸體，也討厭被看。

但在這裡我時不時被迫看到女人的裸體，攞命。

洗澡時，我已經盡量練習加快動作，但熱水實在是一種很可愛的物質，有時我被沖昏了頭腦，便放慢了手腳。

抹身毛巾好鬼短，最多夠圍住半身。普遍來說，包毛巾的方式不是應該在上半身圍一圈嗎？總有些病人喜歡把毛巾抱在胸前，我站在後面等待拿衣服，便被迫看到她們全裸的背部。

我努力低頭，像不緊緊盯著地板就會___死，尷尬又無奈。

地方有限，十萬個病人等住沖涼，所以在浴室拿拿聲淋水後，我們便要拿著新衣服和紙底褲，移師到隔壁的大廁所。

話就話大，也不過只有四五格廁格。如果有太多同房院友，而且慢了半步，廁格滿晒就要喺走廊著衫喇。

有一次我霸唔到廁格。當時我面向牆壁，背對職員，隻手拎住條紙底褲，對腳夾住條長褲，我想用最快速度著好件衫先。其實廁格道門好鬼矮，我相信全部人都可以睇到我全相。

著好件衫，職員仲要同我講：「有位喇，見你咁尷尬。」嘩，你真係唔使 highlight 我嘅尷尬囉。

自此，我便刻意加快腳步，就算不是第一個入到浴室，也不要做最後一個去穿衣服的人。

我其實是一個很缺乏自信的人，尤其是對於自己的身體。

讀中學時，別人大熱天時都要著冷衫遮住發育了的胸部，我則是大熱天時都要著冷衫遮住個飛機場。結果係無論大定細，我們女生也要為自己的身材而不安。

而家識女仔，我都會利申，我真係零身材。就算對方話唔介意，我都會打咗自己一百大板先。

手手腳腳已經冇肉，仲點期待其他位置有肉呢？啲人成日話羡慕我食極唔肥，佢哋根本唔知我增肥增得幾辛苦，食唔落都要迫自己食。有啲嘢，你睇我好，我睇你好。

也許是自卑感讓我從小就累積了一份對身體的怨懟，所以我的身體才會向我投訴嗎？

我唯有對住塊鏡講：「我愛你」。不知要幾多次，才可以彌補二十多年的自我傷害呢？

話説有一位院友是特別不懂得尷尬的。她甚至沒有選擇廁格，總是大大方方地站在走廊，對著鏡子慢條斯理地穿衣服。

我有兩三次著好衫，行出嚟，就見到鏡中宏偉嘅胸部。

我頂！我真係唔想睇到囉！

我唯有伸手擋住自己嘅視線，喺狹窄嘅走廊度同佢擦身而過。

除去嗰份無奈，我其實都幾羡慕佢嘅自信。可能佢只係變得對乜嘢都唔再在乎，佢已經係第三次入院，習慣晒呢種完全冇私隱嘅生活都唔定。

但換個角度，可以放下不必要嘅執著，都幾好吖。其實只不過係兩團脂肪啫。人體也只不過是一大堆化合物罷了。

我忽然自愧不如，我唔係成日笑香港人保守嘅咩？也許我自己也是假開放，假包容。

如果我渴望看到的裸體，都是經過商業包裝，體態完美的裸體，那我和笑過我是平胸的人，有甚麼分別呢？

但願有一日，我會更願意照鏡，真心接納自己的不完美，愛自己的不完美。

祈禱女神
!

一號房對出的壁報板上，寫著關於治療精神病的指引，其中一項是不要迷信鬼神。

聽過一種講法，擁有真實宗教體驗的人其實都是精神病患者。看到聖靈的指引、聽到神的說話，多麼像思覺失調的病徵——幻聽和幻覺。

而有陰陽眼或體質敏感的人，他們感受到一些無法用科學解釋的事情時，也是正處於一種精神異常的狀態嗎？

真好呢，他們都不用吃藥。

我想起了護士最常掛在口邊的三寶問題：「有冇睇到乜嘢？有冇聽到聲音？仲想唔想傷害自己？」

醫護最怕病人有幻覺和幻聽，聽說若有此嚴重的病徵，調較藥物的份量需要至少半年。

壁報板所說的「鬼神」，大概不是指宗教吧。但也許迷信和信仰只是一線之差，差別在於組織規模、信徒數目，還有能不能得到話語權及正當性。

這樣說似乎把所有有宗教信仰的人都得罪了一遍，其實我無意探討宗教，只想回到人本身。

我相信有信仰始終是一件利多於弊的事。但直到現在，我也沒法輕易選擇一種宗教，作為我的唯一信仰。

我媽是基督徒，我小學的時候也接觸過基督教，那時候我有過一年半載的祈禱時期，很快熱情便冷卻了，長大後更發現了光明背後的陰暗面。

大約二十歲，我才醒覺自己原來喜歡女生。長話短說，我媽發現我和女生拍拖，我是被她從櫃子裡拉出來的。我忘了她那時是怎樣表示支持——「唔介意」？「你開心就得」？「冇乜所謂」？

其實我媽是幾開明的人，又或者不，她只是愛我。

但我卻老是記住了她一些不經意的真心話：「神唔鍾意（同性戀）」。

我一直覺得她不能完全接納我的性取向，是出於她的信仰，畢竟宗教團體是其中一個世上最大的反同組織。

於是我不想成為基督徒了，那些所謂的「信徒」總是口裡説愛，卻散播著仇恨。我知道宗教從來不是問題，人才是。

但我還是會祈禱，尤其是生病了以後，絕望的人總是希望自己能再次擁有希望。

我還希望世界再沒有罪孽，只有愛，最好再沒有宗教的分歧，捨棄了各個版本的宗教故事，我渴望學習各個宗教最純粹的教義——如果基督教是愛，如果佛教是慈悲和放下，如果科學是實事求是和客觀。

我都知自己好笑，無法選擇一種宗教企穩，信下呢樣、信下嗰樣，就好似想吃幾家茶禮的蠢材，兩頭唔到岸。

點都好，在醫院裡，我有時會祈禱，有時會唸心經。

特別是見院友為去世的寵物而傷心，我便為牠唸心經，我就只懂得背心經。

默唸了十次經文之後，我忽然想到：弊傢伙！聽講唔可以喺醫院唸經㗎喎！

我的焦慮指數爆升，愈怕就想到愈多可怕的事情。我會招惹到鬼嗎？這裡有死過人嗎？一間防止自殺的醫院有可能讓病人在這裡離世嗎？死的會是甚麼人？自殺的人會想找個替死鬼嗎？如果是個精神失常的鬼，我怎麼辦呢？

老實説我是個迷信的人，考試會用同一枝筆，喺室內唔會開遮㗎。

唔好迷信鬼神？撞鬼你咩！大把人都迷信㗎啦，大把人都成日疑神疑鬼㗎啦。你試下去黃大仙廟度做啲不敬嘅嘢，睇下會唔會成年行衰運吖？迷唔迷信同有冇精神病根本冇關係囉。

於是我同土講出我嘅疑慮，佢話唔怕，唸經係做緊功德。

其實我沒有想過像我這樣一個不虔誠的人唸經，可以有甚麼效果。

我總認為宗教不是為死人而設的，宗教不是為了解答人死後將會去甚麼地方，而是我們應怎樣活著。我只希望院友知道有人為她的寵物唸經，她的心能夠得到些微慰藉。

她是信佛的，所以我便唸心經。如果她是基督徒，我便會和她一起祈禱。也許我終歸是沒有信仰的人。我只想學會對人好，而對人好，就是用對方渴望的方式吧。

我發覺這裡不少人也擁有信仰，有帶髮修行的佛教徒，有整天拿著聖經的基督徒，也有兩個和我一樣乜都信啲。

院友 Y 是素食者，在我和土聊起佛學的時候，她便背誦起心經來。她也對於道德經有一些認識，當我以為她是佛 / 道教徒，佢又轉身射個三分波説自己信基督。

至於院友 M，這文章的標題就是為她而改的，因為她是個由朝到晚可以不停祈禱的人。

她的思維很跳脱，會忽然説她鄰居的狗死了，或者某個她認識的人跳樓，轉個頭又講起小學老師很喜歡她，然後不停説著喜歡這個明星、那個明星，將某某明星的事如數家珍般倒出來，也不理會聽的人説根本唔識得嗰個明星。

她有時更會説一些冒犯人的説話，所以大家都不大願意和她談話。

她便唯有把想説的話對著耶穌説。她很多時候不像祈禱，而像聊天。

她會用被子蒙著自己的頭，穿著拖鞋上床，像一隻缺乏安全感，容易受驚的小動物。

她自言自語，對神訴説著自己從小便受到母親虐待，説知道自己唔係佢阿媽親生的。

她應該有妄想症吧，也不知道她説的話有幾多成係真，總覺得她有點可憐。

她常常祈禱希望可以出院，一次又一次失望後，她忽然轉向了「親愛的撒但大人」的懷抱。聽到她和撒但聊天，我們都打了一個突，又覺得她很可笑了。

有一次她説到她很討厭那些滿天神佛的人，而她知道自己也是這樣的人。但我覺得那些通通都不是她的信仰，她的信仰是：她不夠好，她不值得被愛，所有她遇見的人都會對她不好。

多少人都抱著這樣的自我批評活著呀，我也是，但我不要這樣，別人愛不愛我都好，我也要自愛。

你都愛多啲自己啦，你夠好了，而且你會更好，你值得被愛，你是被愛的——讓這些成為我們新的信仰吧。阿們。

我這樣想，卻又哼起「你是有病的所以被寵愛」。

或許幸福的人和有病的人也只是一線之差。色即是空，空即是色，是但啦。

隔住幾塊玻璃都見到佢……
!
院友Y

幾十歲人仲好似細路咁紮起兩條辮——這是我對院友Y的第一印象。但我不知道這個畫面如何成立，因為按規定，每個院友都只能夠擁有一條橡筋繩。

那時候她剛剛入院，被分配到隔籬房，我只望過她一眼，再留意到她，她就把頭髮放下來了。

白天，她大部分時間也在睡覺，偶然才起來散步。我不禁想，她實在太會睡了吧。

在第一次合併房間時，我們成為了室友，她的床還剛好在我旁邊。我很憂慮，卻是生理上的，千祈唔好嚟一個會扯鼻鼾嘅人呀……

很快我就發現她任何時候也很安靜，如果不是姑娘問話，我也不知道我幾時先會知道佢把聲係點。相比之下，金、火、土和我實在太嘈吵了。

我偷聽到，Y和風說，我哋把聲好嘈，風卻話，聽住我哋把聲會好瞓啲。Y冇聲出，睇嚟畀風吹脹咗。

嗱，不如一齊嘈，一齊開開心心傾下偈啦？成日流流長，連歌都唔再播，點樣捱時間呢？

但或者係我、金、火同土四條友識咗先，有咗個小圈子，所以都冇乜點同其他人交流。甚至無法避免地，我們害怕新人，呢度始終係精神病院呀，點知對方咩料。

後來我知道了Y的些少情況。她有幻聽，在家裡會聽到聲音，所以不敢回家。

她覺得醫院比家裡更安全——我初時同情，後來才意識到自己原來也有同感。因為在這裡，我尚且能相信醫生能醫好我。

Y 的家人為她拿了日用品來，其中是一卷卷的廁紙。她和姑娘說，我聽到卷廁紙有聲，我想掉咗佢呀。

姑娘當然和她分析，物件點會識得講嘢呀？卷廁紙新嘅，掉咗佢好大嘥呀，繼續用啦。

兩三個姑娘和她談過了，她始終也沒有被說服，後來偷偷把廁紙丟了。

阿姐發現了，想搵出係邊個做嘅，沒有人出聲，最終不了了之。

聽到 Y 疑神疑鬼的說話，我又無法自控地害怕，個腦即刻著晒。

經過一兩日相處，金就話：「其他人都心術不正，真係有病，我哋要小心啲。」（謎之聲：明明勁大篇幅寫佢出咗院，點解佢又彈出彈入㗎？）

明知對方不會傷害自己，卻仍然害怕著思想不一樣的人，是人之常情吧。

但自己都係一份子呀，有乜理由歧視或害怕相似嘅淪落人呢？但當時我也做不到平常心。

Y 仍然很安靜。我只和她傾過一次偈，談起醫院的食物。

不久，她身體不適，需要到普通醫院去，回來後又要重新隔離，所以我們就不再同房了。

在和我隔著幾塊玻璃的遠處，她遇上了 W，W 也有幻聽。

我離遠見到 Y 和 W 很愉快地聊天，坐著時會聊天，散步時也會同行並肩，他們似乎無所不談。

我從未見過 Y 這般開朗。

有一天，我和木更發現了新大陸：Y 在病房通道步行，每一次行到盡頭，她也會舉起雙手，來一個非常瀟灑而且誇張的華麗轉身。

唔講以為呢度係紅館，企喺台上嘅佢著住條靚裙。

小學雞嘅我哋成日望向 Y，忍唔住爆笑，見一次笑一次，仲偷偷哋扮過佢添。

但那不是恥笑、嘲笑，只是被她奇特的動作逗笑了。

我猜她肯定知道我們大笑是因為她，但她依然繼續轉，自由自在，心安理得。

可惜我冇機會同佢講聲多謝。嗰陣我不時情緒低落，但每次見到旋轉女王嘅招牌轉身，我都會笑得出。見到佢由最初鬱鬱寡歡，變得開朗活潑，我衷心戥佢開心。

不知她現在怎樣呢，不知她背後有甚麼故事呢，但願她不再害怕回家，但願我們都不再害怕回家。

那一種轉身的姿態依然在我心裡活著，碰壁時就這麼轉一轉，恐懼時就這麼轉一轉，任誰看著也這麼轉一轉，只有我們才能決定自己的姿態呀。

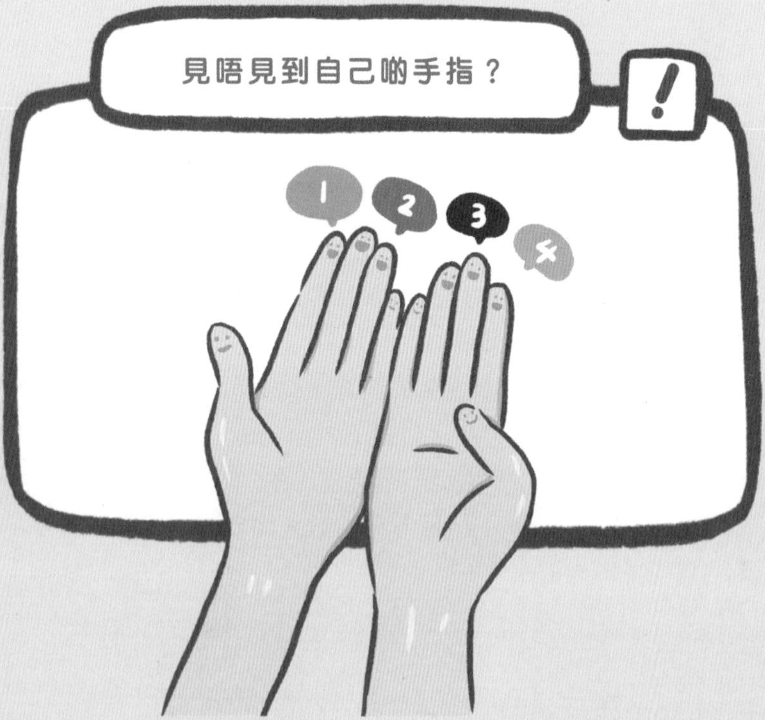

見唔見到自己啲手指？

1 2 3 4

O 常常說出一些會讓我害怕的話。

「他們將我的心挖出來，不斷撕開，我很痛苦呀。」

「他們在我裡面，操控著我，我整個身體也不是我的。」

她自言自語，沒有人搭嘴，事實上我也不知道該如何搭嘴。

我怕，但其實我也不知道我在怕甚麼。

那些妄想根本與我無關。不過以我當時的狀態，就算木對我唱《雪姑七友》（嗱！我知你哋鍾意聽呢啲！），我的焦慮系統也會在後台自動運轉，何況是「瘋言瘋語」。

O 說的話實在太像恐怖片的情節，好不好給我一個家長指引，回到成人台——敲鍵盤的手指很不乖，我是說感情台呀。

如果光是聽，已經讓人不安，實際經歷著那些幻覺的 O，肯定比我更害怕吧。

姑娘們來關心 O 的情況，她更詳細地訴說：「他們挖出了我雙眼，不讓我看東西，不想我知道他們的所作所為，但我全部都知道。」

第一個姑娘會反駁：「你點會睇唔到嘢呀？你咪望緊我囉。」

「我在我身體外面，我看到的不是你的臉，而是我整個人在和你對話。」

「你講嘅『佢哋』係邊個？」

「醫生、護士和社工，他們故意不幫我，還阻止我和其他人接觸。」

「醫護唔幫你，即係包括埋我？」

「不是……」

「你而家咪同我傾緊偈囉。」姑娘嘗試和 O 理性溝通，想說服她甚麼是對，甚麼是錯，甚麼是現實，甚麼是幻想。

「他們知道我在做甚麼，連我在想甚麼他們也知道。」

姑娘說：「嘩！咁得人驚呀？」

O 嘗試把其他人帶進她的世界裡，努力提供所謂的證據：「我知道我說出來你肯定不會相信。但我做了個實驗。之前我和朋友說，一陣間佢哋會 send 個 message 畀我，佢哋知道我喺邊度，佢哋監視緊我。我的朋友本來也不相信，但下午三點十二分我真的收到了一個訊息。」

「可能係巧合啫。」

這樣的談話是沒有結果的，姑娘只是循例每天詢問一下病人的情況，不是給予任何治療。臨床心理學家能否幫到這樣的病人呢？抑或只有藥物有幫助？如果連藥物也無法……

她的路怎樣走下去呢？我試圖想像，卻不敢再想下去。

O 曾經重複著這句話：「我整個人好像被火燒一樣！」

我心頭一震，我也是這樣形容我病發的感覺呀——被火燒。我好像明白了我恐懼的原因：我會變成像她一樣嚴重嗎？

尤其是醫生建議我加藥，加一款本來是醫治思覺失調的藥，雖然我好清楚自己冇思覺失調，但係都驚㗎嘛，會不會冇病都食到有病？

說著說著，O 忽然脫下衣服，「我成身都好熱呀！好辛苦呀！」

我們就只有一件病人服，沒有內衣。我和木交換一個眼神，對於莫名其妙地看到裸體，非常無奈。

對於「正常人」來說，O當然是妄想，但對於病人，那些感覺全都是無比真實的。

就好像慢性痛症吧，病人看起來明明像普通人一樣，卻一直受著疼痛的主觀感覺折磨。有時甚至連X光或磁力共振等儀器也證實「病人」疼痛的部位根本沒事，或者已經完全康復了。

但我們還是會痛呀！難道痛楚也是妄想嗎？

我甚至被親友質疑過：「真係有咁痛咩？」「你唔使理嗰啲痛㗎喎，你唔理佢，佢就冇事㗎喇。」

精神病其中最令患者難受的是：痛苦全都在心裡頭，不可能像癌症、糖尿病或車禍重傷的病人一樣，有可見的創傷，有可以量度的指數。

好像從來沒有人告訴過我們康復的可能性有多大，康復的進度也不像會漸漸癒合的傷口般，讓別人看得見，讓我們自己看得見。

有康復的希望嗎？

我們內心就住了一個小小的監察者，計算著：昨天我哭多了，今天我笑多了，是有好轉嗎？怎麼明天卻又哭得更慘呢？

對於思想傾向負面的病人來說，這個監察者不是來鼓勵我們，而是來拖後腿的：藥物好像沒有作用，我還是無法開心起來，無法像個正常人。

既然我們的痛苦無法被肉眼看得見，那就說出口吧，怎麼世界卻要求我們把痛苦吞回去呢？

那些把自己弄得滿身傷痕的人，是因為情緒無法宣之於口，才被迫以肉身吶喊嗎？排山倒海的情緒在心裡膨脹得難以忍受，只好在皮膚上釋放嗎？

誰叫我們自殘呢，誰又怪我們自殘呢。

輪到第二個姑娘來慰問 O。她知道硬碰硬沒有好處，便柔聲地安撫：「不如你靜少少啦，唔好嘈到其他院友，大家一齊傾下偈啦。」

「我都唔想嘈㗎。」

「咁點解要咁嘈呀？」

「我只係想畀人知道我存在。」

「嗱，我而家知道你存在，知道你好辛苦，知道你好唔開心。」

O 整個人彷彿由獅子變成了綿羊，痛苦的表情緩和了。

「你仲有冇咩想講呀？」

O 搖搖頭。

其實我們都一樣，希望被看見，希望被理解，希望被溫柔對待吧。

同住一間房，幫人就等於幫自己。

木也有試著安撫 O：「你又話想出院，你成日咁樣，醫生又點會肯畀你出院喎。」

「我都唔想㗎。」

「我知你唔想，呢度邊個想嘅啫？」木相當有耐性地傳授「住院達人」的秘訣，「醫院唔係醫好你嘅地方，你想出返去，就要扮乖。」

「點扮呀？我畀人控制住，連睇嘢都睇唔到，他們挖了我雙眼出來。」

「嗱，你伸對手出嚟。」

O 伸出手掌，木郁動 O 的手指，問：「睇下舉起咗幾多隻手指？」

「我睇唔到我對手呀。」

「你睇下先啦，有幾多隻手指呀？」

O 認真地瞇起眼睛，「四隻。」

「咪係囉！你而家咪睇到囉！」

O 頓一頓，終於懂得笑，「好彩有你咋，你問一問，我先見得返自己啲手指。」

木繼續撩她傾偈，她們正在談論喜歡的明星。

木的善良感染了我，我也試著加入對話：「嗱，你試下幻想同佢拍拖啦。」

O 又笑了。

我繼續話：「佢而家企喺你面前，將你推埋牆角，壁咚你。開唔開心先？」

（我還說了更多偶像劇的情節，不，那些情節直程係……因為通過不了 AI 的家長審查，所以我把記憶刪去了……你們也不要胡思亂想！）

我們一起說些無無聊聊的話，以為可以讓 O 開心點吧，但她很容易又把注意力放回自己的幻覺上。

上一句還是說某某唱歌很好聽，下一句卻又是：「我又睇唔到自己對手喇。」

作為在旁邊試圖讓她分心的人，這其實是很沮喪的，誰也不能夠每隔十數分鐘就叫她看看自己的手指呀。

佢嘅生命中有冇一個好愛好愛佢嘅人，願意為佢付出咁多呢？誰願意拖住佢隻手同行，讓佢偶然能從痛苦嘅深淵中擘大眼，睇得見美麗嘅星空？

我會唔會遇到嗰個人呢？

我不敢妄想。

我不如喺心眼裡畫滿星空，等自己即使合埋眼，都睇到希望——不，這樣太矯情了。

我不如照鏡，望住自己好似星空嘅黑頭，喺擠黑頭時得到快感，嘿嘿嘿嘿！

離奇入院事件簿？（上）

H 說她根本沒有精神病。

她是長期病患者，因為疫情無法覆診，斷了藥令病情惡化。她在家跌傷了，在普通醫院足足住了一個月。

「普通醫院啲醫生明明話我出得院㗎，我啲屋企人已經嚟咗接我，轉個頭又唔畀我出院，連續兩次都係咁呀，我梗係嬲啦，跟住佢哋就話我情緒失控，送咗我入嚟喇！」

唔係啩！有冇搞錯呀！呢度唔係療養院，呢度係傳說中嘅青山嗬！醫精神病嘅地方嗬！

我見到 H 嘅傷口，加上佢嘅談吐外表正正就係一個弱質溫馴嘅老人，所以我即刻就信咗佢，雖然這件事實在太荒謬了。

後來她的種種言行，令我起了疑心。

例如每間病房的天花板的角落，都有黑色半球體的錄影鏡頭。

H 便煞有介事地警告大家：「他們正在監視我們，錄了音，聽到我們的對話內容，要小心點說話呀。」

其他院友居然點頭，甚至提供證據：「沒錯，我們昨天才說想吃雞髀，今天居然真的有雞髀吃。」

我一笑置之。姑娘一日有萬九幾樣嘢要做，別說聽錄音，有沒有人看著錄像也成問題吧。

又例如某姑娘知道某院友是護膚高手，興致勃勃要拜她為師，連續兩三天坐在我們房門口，一坐就坐一兩個鐘。（你咁樣公然寫人蛇王，好咩？但係有邊個打工仔唔會吞泡啫？）

H 又說：「小心！哪有人學洗臉要學幾個小時？我覺得她不是偷師，而是偷聽我們的對話內容。」

我不耐煩地安撫：「不會啦，你別疑心那麼重，放鬆點。」

「我也知道你們不會相信，還有很多事我沒有說，算啦。」

然後我忽然記起，被害妄想、多疑也算是精神病的特徵。

一股寒氣由腳板底鑽入我個心，只是她聲稱自己沒有精神病，根本沒有證據呀。難道她的故事全是她妄想出來的嗎？（其實一個人點樣證明自己冇精神病先？一得到個標籤，做乜都似有病啦。）

天呀……倘若如此，還有甚麼人、甚麼話能夠相信呢？

我開始叫自己抽離，不要全盤相信任何人，記住我來到這裡是醫病，不是識朋友的。

第一次見了醫生之後，H 激鬼氣地說：「醫生話我要食精神科藥物，唔食唔畀出院呀！」

她的表情相當委屈，我們安慰她，叫她慢慢唞順條氣再講。

她續說：「醫生話我個腦多咗某種物質，要食藥控制，我問佢係乜嘢，佢講咗句英文，我想佢解釋，跟住佢就話：『講你都唔明㗎啦！』」

感性的我又跑出來了，這樣對待病人，到底有沒有醫德？首先 H 是老人家，用病人明白的語言是基本吧，想病人乖乖食藥，難道花些少耐性和時間解釋也不願意嗎？

藥物可能要花幾日，甚至幾個星期達至某個劑量才能生效，但在藥效顯然之前，病人往往要先承受副作用。如果病人甚麼也不清不楚，便很容易對藥物失去信心，甚至抗拒。

在醫院當然可以迫病人食藥，但出院後呢？要讓病人自律，醫護之間的互信非常重要呀！

就好似痛症科醫生開咗粒止神經痛但其實係抗抑鬱嘅藥物畀我，又唔講有咩副作用，食到我驚咗嗰一類藥物喇。

「有冇搞錯呀！」大家也為 H 抱不平。

「你下次再問清楚佢啦，你話，醫生不好意思，請問你可不可以多說一次呀？請問你可不可以用中文解釋呀？麻煩你了，真的非常非常不好意思呀。」我（天真地）建議：「佢愈係冇禮貌，你就愈要有禮貌對佢，有咁誇張得咁誇張，令佢自愧不如。」

「喏呀！有甚麼不明白，當然要問清楚，她有責任解釋給你聽。」院友說。

「其實那個人真的是醫生嗎？她著裙，不是穿藍色的醫生服呀。」H 又懷疑了。

我沒有留意，但大家對於這一點都沒有質疑，紛紛說只有醫生才可以開藥，叫 H 放鬆點，別事事也起疑心。

「佢都講到咁樣，唔食藥唔畀走喎，根本就唔畀你揀，點都好，食咗藥先，有命出返去先算啦。」院友出主意。

「精神科藥物喎！點可以亂食㗎！」H 反駁。

抗拒藥物的我，這次就站在 H 的那邊，至少應該搞清楚自己需要食乜嘢藥物吖。

我忽然覺得，我的主診醫生和他的上司實在又專業又關心病人，若果我的醫生像 H 的醫生一樣，我點算呢？每日驚到死咁食藥，甚至被迫食藥，我的自我會不會粉碎呢？

H 下一次見醫生，好像已經是兩三天後，即是在沒有資訊的情況下，她又白白在醫院浪費了兩三天。

這次我也留意到了，那個女醫生穿著花花裙，捧著一大疊啡色文件夾。

之後 H 又說了一些莫名其妙的話：「我記起來了，她是社工，我在普通醫院見過她，那時候她介紹自己是社工呀！」

我當時只覺得是 H 記性不好，混淆了兩個人。

但我可以理解她為甚麼有這樣的想法，我未見過其他醫生不穿藍色袍，或捧著一大堆文件，反而我見過社工曾經抱著同樣啡色的文件夾來見我。

「其實日日見咁多人，我根本分唔清楚邊個係醫生，邊個係社工。」院友說，「佢哋又冇名牌，又唔畀我戴返隱形眼鏡，懵查查，我真係唔知邊個打邊個囉。」

最簡單就是看衣服的顏色，醫護人員有不同的制服，職業治療師著紫色衫，物理治療師著白色衫，醫生著藍色衫，但這樣說只能解答那院友的疑問，對 H 沒有任何幫助。

以我對妄想症的認識，就算醫生穿著正統的醫生袍，全世界都認同這個人是醫生，妄想症患者仍然會覺得他是假扮的，或者他想要傷害自己。

但現在的情況是有了不合理的細節位，H 才會起疑心。加上從對答當中發現對方沒有對病人的同理心，面對著不專業的醫生，任何唔想死的人也會質疑吧。

「她還看著我的手鏈，叫我除低，話我迷信。」H 繼續抱怨。

記得嗎？治療精神病的正確態度包括不要迷信鬼神。

「條鏈係我屋企人送㗎，我入院嘅時候已經畀佢哋收晒我其他佛珠、手鏈，唔通連屋企人嘅祝福都唔可以留喺身邊咩？」H 很不滿。

院友也表示：「真係吖！而家係咪戴住條佛珠就等於我哋有精神病呀？咁佛堂嗰啲人全部都有精神病啦。」

我仍然半信半疑，H 的談吐多數有紋有路，但無故被送入青山這件事實在太荒謬了。

雖然在香港地，荒謬才是日常，我們早有覺悟。

説起吃藥的決定，H 死死地氣：「佢話唔食藥唔畀走，我仲邊有得揀喎？咪唯有食囉。」

無奈之下，她開始吃藥了。

離奇入院事件簿？（下）

一開始吃藥不久，H 便抱怨藥物的副作用。

「我覺得我食完藥之後反應遲鈍咗好多，個人好易攰，平時我企喺度一段時間都得，而家唔得喇。某某話今日見到我對眼好似烏眉瞌睡咁，你覺唔覺呀？」H 問我。

身為反應擔當和觀察力擔當，除非她合上眼睛和我説話，否則我應該也察覺不出來。

我只好安慰她：「剛開始服藥，身體不習慣也是自然的。如果真的覺得不舒服，就試試和醫生説吧。」

「都可能係，就好似你食完藥會頭暈咁，姑娘話，因為我哋冇食開呢味藥，所以好受藥物影響。」

下一次見完醫生，H 擔憂地和我們説：「我同咗醫生講啲副作用，佢話係正常嘅，本身食緊半粒，今晚要加到一粒添呀。」

一開始試藥，醫生都會開比較低嘅劑量，然後慢慢加重份量，直至達到有效嘅劑量為止。

倘若病人表示藥物嘅副作用難以接受，唔知道一般醫生會唔會暫時停止加藥，或者轉藥呢？抑或 H 嘅醫生嘅做法係好普遍？

我哋唯有安慰 H，拿拿聲加夠份量，拿拿聲令醫生滿意，就可以拿拿聲出院。

H 苦笑，同醫生講唔掂數，唯有喺派藥嗰陣向姑娘呻：「可唔可以唔食呀？我食完覺得好辛苦呀。」

「呢啲你要同醫生講㗎。」

她當然是反抗無效，吃完藥後還要張大嘴巴，確保把藥物吞下了。

吃了藥一段時間之後，H 不知第幾次見完醫生，依然懷疑：「剛才那個姑娘叫我出房見人時，都說我是見社工，原來那女人真的是社工，不是醫生呀。」

「係姑娘定係阿姐同你講呀？阿姐可能唔知㗎。」

「醫生先可以開藥畀你，社工唔可以㗎。」

「你想唔想出院㗎？知唔知精神病其中一個特徵就係多疑呀？你唔好咁重疑心啦，唔係人哋真係當你有精神病㗎喇。」

我們一人一句，試圖讓 H 安心。

「她跟我説要送我去宿舍，還説我家人不願意照顧我，是家人簽字送我進來精神病院。」H 還是不服，「我根本唔使人照顧！我已經獨居咗好多年，識得自己照顧自己㗎！只係今次因為疫情，斷咗藥先會出事咋嘛。我屋企人點可能簽字喎？」

我們便建議她打電話向家人求證。她不大願意，也許是對家人失望，也許是不願意麻煩比自己年紀還要大的家人吧。

每人每日只可以打一通四分鐘的電話，有兩次機會，如果兩次也沒人接聽，就要明天再嘗試了。

H 第一天找不到家人，第二天電話終於接通了，她卻用了足足三分鐘和對方閒話家常，沒有把最關鍵的問題問出口。

後來聽 H 轉述，家人表示當時普通醫院的醫護告訴她，如果不簽字，就等於要把 H 接回家，負責她的日常生活。雖然是至親，但 H 的家人年紀已大，不敢負起這個重擔，所以才簽字，覺得交由專業人士照顧 H 比較好，不是有心要將她送入青山的。

日子一日一日地過，H 的醫生也有向她的家人報告她的情況。

經過數次見醫生及和家人通電話，H 轉述，她的家人也覺得醫生非常古怪，經常反口覆舌，這天說 H 可以去宿舍，隔天又改口說要她繼續留院。

我聽不到對話內容，不知真偽，但我開始動搖了。就算不完全相信 H 的話，憑著自己的觀察和個人經驗，我真心覺得這個醫生古古怪怪，至少不像一個合格的醫生。

例如有一次 H 見醫生，在房間內的我，也聽到她們的對話，唔知仲以為係潑婦互片。

H 氣沖沖地回房，「個醫生好大聲、好鬼惡呀，好似想同我鬧交咁，你哋聽唔聽到呀？」

大家也聽見了。

雖則話大聲唔等於冇禮貌，但就算有醫生光環加持，嗰個著花裙嘅女人啲口吻真係似生果舖職員叫啲阿婆唔好自己揀，多過似幫人醫病囉。

H 說：「午時花六時變，次次見佢，佢啲說法都唔同嘅，佢似有精神病多啲囉。」

笑死。

H 不忿：「今次佢話我駁佢嘴，情況好差呀。」

H 性格內向，加上年紀大，反應遲鈍、記性差、聽力差也很正常，所以她總是不擅長和醫護對話。

例如她在洗澡之前吸哮喘藥會頭暈，她很清楚自己有這問題，但若然護士在洗澡前把藥物遞給她，她也會照吸不誤，需要我們在旁邊提醒。

所以這時我們便「教壞她」。

「佢話你駁嘴，你咪唔好同佢硬碰硬囉，一陣間佢又話你情緒不穩定呀！」院友說。

「無論佢點兇你，你都點頭，乜都話好。就算有任何疑問，都要平靜有禮咁問佢。」我話。

醫護明明是同行者，我不明白為甚麼要和他們鬥智鬥力。

但這一招是成功的，下一次 H 見醫生，全程幾乎沒有說話，只是不斷點頭，像一個沒有思想、沒有自我的人。

醫生卻讚賞她情況好咗好多，繼續穩定落去，好快可以畀佢出院喎。

聽住先啦。

故事差不多來到尾聲，在我出院前一兩日，H 同時見了兩個醫生。

「頭先有兩個人見我。嗰個女人本來仲係威係勢，話唔畀我出院，一見到嗰個顧問男醫生坐低，就嚇到鶴鶉咁。」H 取笑。

「男醫生睇咗我啲醫療記錄，知道我真係跌親，都話唔明點解我仲喺度，同埋呀，佢係叫嗰個女人做『姑娘』㗎！」

我只悔恨著，頭先我點解唔偷聽呢？我都真係好想知道嗰個女人係唔係醫生呀！

我所知道的就是這麼多。到最後我也不知道 H 的話有幾多成真，幾多成假，而她到底是莫名其妙被送進來的受傷老人，抑或是妄想症患者，就由你們自己判斷吧。

小結：轉入大直路
!

終於差唔多輪到我出院喇，又係時候感個恩（示範一個唔順口嘅用法）。

上一章有不少新院友登場，除咗五行，仲有風、鳥、喊包，也寫過思覺失調、妄想症、抑鬱症等，有惡爆阿姐都有超好阿姐，還有很多沒有代號的 NPC（才不是啦！）。

以下嘅篇章，我會搶返支咪、搶返個舞台，跳起，yeah ！

（其實我也不知道每一章之間有甚麼不同，但分章好似可以畀大家唞唞氣，也看似專業啲，yeah ！）

第三章

食飯前都話唔好見醫生㗎啦

每個人的眼淚都有個價值，情人的眼淚是金卡，馬小玲的眼淚是法力盡失，我的眼淚比廁所水還不值錢。

我份人極度眼淺，有時我甚至懷疑我這輩子是來還淚的，還畀邊個，應該係搞到病房好鬼乾燥嘅冷氣機。

睇書睇戲，我可以話喊就喊，非常容易被觸動。但除了為藝術而感動之外，我好歹也是受優良反人類傳統教育的人類，我是很少在人前哭的。但來到這裡，這相當自律的完美偽裝可維持不了——床與床之間根本連一塊布也沒有！

但我居然不是第一個哭的人。

説回初期吧，土到了走廊見醫生，回到房，我們其他人差不多吃完飯了。

她拿起匙羹和碗，又放下，塊面黑過鑊撈。

金馬上察覺到她有些狀況，問她怎樣了。

「醫生唔畀我出院呀！」土激鬼氣，激到眼淚水都喰下喰下。

金馬上走到她身邊，拍著她的膊頭，叫她先吃飯，食完再慢慢講。

「我唔想食呀！成世留喺度，食埋呢啲咁嘅嘢！」

「唔准喊！唔好發脾氣！快啲抹返乾淨啲眼淚。食飽啲呀，你唔食真係成世留喺度　！」金很嚴厲地説。

嚴厲，卻是為了對方好。

土總算忍住怒火，把爛飯吞下。

之後每當我們哪一個想哭，金總會叫我哋唔好喊，要堅強啲。

但我這個人卻會唱反調，鼓勵土和火，甚至金自己也應該在想哭的時候，盡情哭泣。情緒困在身體，會變成病。這是身心症的形成原因之一。

以前的人總覺得流馬尿是丟臉的，不要讓人見到自己脆弱的一面。現在的人卻覺得眼淚是真性情，是宣洩情緒，是自然反應。

我信奉中庸之道，愛哭鬼都應該學會自制，壓抑狂則應該放縱一下吧。

我發覺見完醫生之後，情緒的確比較波動。有兩次和醫生會面後，我也哭了。

第一次，醫生開完會，說他的上司的上司想確保我並不是身體有毛病，想我測試腦電波來排除癲癇，驗血來排除其他內科問題。

那時候我已經住了一個星期，又要照這個、驗那個，再等報告出來，肯定仲有排捱。

我明明是自願入院的，在普通醫院見過的醫生護士都說出院並不困難，向醫生提出就有機會呀。現在怎麼遙遙無期？

我回房，是吃飯時間，我扒咗兩啖飯，就忍唔住喊。

派飯的阿姐說：「唔好喊啦，食埋先喊。」

又唔係閂水喉，邊有咁易喎？

結果我就包咗幾嚿雲吞，哭個夠本後，才慢慢吃飯。當然唔慢得去邊啦，傷心不是有特權，總不能阻礙職員收餐盤。

在下一個星期二，又是醫生宣布開會結果的日子。這次他是在晚飯之前來，我又被「加監」了。

一來是血液報告尚未齊全，二來他的上司們覺得我應該要加藥，只吃利痛抑，不足以控制病情。

「有兩款藥可以給你選擇，一款是血清素，但我們知道你對血清素有抗拒，所以有另一款Q仔。它是醫治思覺失調的藥物，」他馬上強調：「我們不是說你有思覺失調，一款藥可以有很多種用途。」

我知，就像我吃的藥本來也是醫治癲癇的。

本來我以為我對藥物已經沒那麼抗拒了，但一聽到這個消息，絕望的感覺便又爬上來。

Q仔是甚麼我完全不認識，所以我就問了藥物的機制和副作用。聽說是調節多種化學物質，包括多巴胺和血清素。

所以到頭來也是需要調節血清素。我還是怕一旦開始吃藥，便要吃一輩子，或是讓自己的身體再也沒法自行產生血清素。

醫生說我不必馬上作決定。

我說要考慮一下，轉身離開，把放在門外的餐盤端起來，回到自己的床。

我揭開飯菜的蓋子後，眼淚即刻流下。當時金已經出院了，但她的說話多多少少感染了我，我實在不想影響院友的情緒，我也不願再哭給別人看。

但那種排山倒海的情緒是無法控制的，眼淚像流汗一樣，像呼吸一樣。我一邊吃飯一邊用手背擦淚，然後又想起了音樂。

我用手指在飯碗上敲打著節奏，我的心很慌，我的心跳很亂，但我那時候打的節奏卻很準確、很堅定。

回想起來，真想用攝影機拍下自己的醜態。明明哭得像抽搐一樣，卻拼命壓下淚水和聲音，努力把維持生命的食物硬吞下去，堅持用藝術安撫自己的心。

若然有那個演員能做出我當刻的表情，觀眾肯定會説，吖，條女真係識做戲喎。

人生，好像是演給別人看的。我常常覺得無論自己做了甚麼，總會有觀眾對我指指點點，所以我活得小心翼翼，犯了一些小錯，也會在心裡苛責自己。

但人生也是演給自己看的。我那時候心裡想的是：喊唔緊要，最緊要型！

我郁手郁腳，感受體內情感的流動，感受不願停止的節奏。

我之前請求過某姑娘將音樂開大聲啲，她説暫時不可以。當時剛巧是她收餐盤，她甚至沒有發現我哭過，見我好鬼享受咁擺動身體，還讚歎：「勁喎！你心中有歌喎！」

我得戚地對她笑了一下。使乜講！

這只是微不足道的一幕：一個女人哭了。

這時寫著，像寫別人的故事。我覺得那一刻她是美麗的，不是説她努力壓抑情感，而是她以自己的方式和淚水搏鬥，贏得了一刻堅強。

我從來不是一個堅強的人。

想哭就哭吧，問題不是流淚，而是有沒有咬緊牙關面對困難，哭不哭，不是堅強的標準，行動力才是。

喊啦，但喊完之後記得要笑返呀。

社工的話

呼吸之間 回歸平衡

情緒病患者在醫院可能會感到孤單、焦慮和不安等難以言喻的感受，在這個時候，呼吸成為了一個非常重要的工具，可以幫助我們平復情緒。呼吸是我們身體最基本的生理反應，每分每秒都在進行，當我們有意識地呼吸，我們可以把自己帶回當下，專注感受當下的感覺，能減少不必要的思緒，減輕身體和心理的緊張感。或許在我們停止練習後，我們又會被捲入思緒的漩渦，這是正常不過的事，但我們可以利用片刻的平靜，感受自己的平衡狀態，了解自己的內心。

「4-4-4」呼吸法

1. 吸氣心數 4 秒
2. 屏住呼吸心數 4 秒
3. 呼氣心數 4 秒

我畀隔籬房嘅妹妹撩呀！

我隔籬房有一對好姊妹，她們的興趣是玩頭髮，姊姊幫妹妹紮辮，好像《魔雪奇緣》（英語：Frozen）中愛莎（Elsa）的公主頭，漂亮得讓人讚歎。

我本想舉腳拍掌，但經過十秒的反應時間（已在腦袋裡按下了 1.5 倍速……），覺得太浮誇了，才改回用手，做出海狗拍手的模樣，取悅了姊姊和妹妹。

妹妹似乎太喜歡這髮型，喜歡得連睡覺也保持著。

我心諗：唔會唔舒服咩？

但一覺醒來，甚麼也值得了。她一除下橡筋，秀髮就變成天然攣曲的模樣，靚到爆。

（她會不會本來就是攣髮的呢？我之前可沒有留意她……）

受她們的啟發，我也到達了玩頭髮的沉悶里程碑。她們行漂亮路線，我個人行直路都會變行鋼線。反正這裡沒有認識的人，靚嚟把鬼咩！但我覺得這裡的人都需要笑。

於是我就把長到篤眼的瀏海通通撥起，用口罩造的橡筋綁住，瀏海頓時成為了一棵高高向天豎起的蔥。嘿嘿！歡迎看清楚本小姐的低智商。

去街市買棵蔥都會搭條魚啦，於是我還用左右兩邊的頭髮，紮成分叉的魚尾（畀啲想像力啦唔該）。

哎呀，你紮到個頭咁樣，就以為自己好幽默呀？但真係有人笑喎，吹咩？

隔籬的姊姊和妹妹齊齊向我豎起大拇指，期間限定的友誼正式展開！

當天下午，我見完醫生，醫生建議我加藥，那時剛好吃飯，我便一邊吞眼淚，一邊吞飯。

（詳見上一章〈食飯前都話唔好見醫生喋啦〉）

其實當時除了音樂，還有人的善意支撐著我。

隔籬房的院友敲著玻璃，多次對著我大叫：「唔好喊呀！」

除了姊姊和妹妹，還有其餘兩三位院友吧，我不記得了。她們彷彿是歌迷，在演唱會中見到歌手真情流露，在座位上大叫「唔好喊呀」一樣。

我受寵若驚，心頭一暖，卻也有一點不好意思，彷彿全世界都在關注我的眼淚——呀！眼淚出緊世喇！縮返入去啦！畀力呀！

我對著充滿關心的觀眾，（自以為）瀟灑地表示：「冇事！」

非常墟冚的鼓勵聲才肯結束。

交完餐盤之後，我又躝返上張床度，背靠著床板，陶醉在一個人的音樂世界裡和情緒搏鬥。

我是閉著眼睛的，忽然不知那位院友説：「隔籬又搵你呀。」

我擘大眼，看到玻璃後的姊姊和妹妹揮動著雙手，彷彿在為我的歌聲而著迷。

她們又叫囂了：「好好聽呀！」

你班衰婆，我都冇唱出聲，唔通你哋聽到我嘅心聲？

這時候有兩種矛盾的感覺在我心裡對抗著，其實我只想安安靜靜地躲起來，匿埋喺沒有人的世界，放聲大哭。我不想再怕別人擔心而悶鬧呀，忍住唔喊真係好鬼辛苦喋。

但同時間，院友們的關心卻讓我想再勉強多自己一陣，我想咬緊牙關，真真正正企起身，戰勝情緒。

如果你係我，你會做邊個自己？容許情緒宣洩而令人憂心，還是不健康地壓抑情緒卻讓愛的力量稍勝一場？

兩個都係我，兩個我都做咗，只不過分咗先後。

我先容許自己變回戇戇居居的快樂女孩。進入歡樂模式，拿出橡筋，在頭頂突然開出晶瑩的蔥。

我以（自以為）囂張有型的姿態向姊姊和妹妹揮揮手，她們即刻向我派心心。

然後我走到房門邊，向著廁所門口，企定定做碌木。

我聽到妹妹問：「佢做緊咩呀？」

「照緊鏡呀！」姊姊答。

然後她們爆出一陣笑聲，像金魚佬一樣挑逗我：「好靚呀！」

哈哈哈哈！估唔到我也有被妹妹撩的一天。

「使唔使笑得咁大聲呀？」土皺眉，大概以為她們在取笑我，覺得她們不怎麼禮貌吧。

我自己倒沒有感覺，至少我知道她們沒有惡意，甚至覺得現在的我如果能夠氹人笑，也是我的成就。

這時落筆，我忽然有個疑問：平時我總會非常在意別人的目光（近年如果有人眼甘甘望住我，我當然係覺得自己嗰日特別靚啦——戴緊口罩㗎嘛！），今次別人擺明車馬笑我，或因我而笑，我居然沒有 hard feeling，點解嘅？

我自己也不知道答案，只希望自己以後也可以這樣強大。

我繼續照鏡。其實這裡沒有鏡子，但我有玻璃，在陰暗昏沉的背景下，我便可以看到自己清清白白的倒影。

我的笑容閃閃發光，不枉我細個用咗咁多錢箍牙（伸手問 parents）！好不好開一間黃面婆牙膏和 X 人牙膏鬥過呢？

那時，我常常以看透玻璃的姿態凝視遠方，其實我係望緊自己。

我看遍世界，只為遇見自己——充滿大智慧的偽文青金句！

歡樂大使做個夠，當天晚上大家睡了後，沒有人再看著我，我始終釋放了另一個愛哭的自己。

第二日，姊姊和妹妹對我的興趣仍未消退，她們頻頻敲打玻璃呼喚我，想認識我，和我聊天。

可惜隔著玻璃實在難以對話，我因為連日來不斷開 K 台，已經開始喉嚨痛，便沒有多說話。

我試圖擺木上台，讓大家找她聊天，不過木也是一個社恐仔，我們兩個一起逃到房間的角落，逃避女人們的熱情攻勢……

但她們的瘋狂，也燃起了我的瘋狂。

飯後，剛好有一粒飯黏在我的手指，用來夾餅乾做宵夜還太早，我便來到玻璃前面，向班姊妹招手。

當她們差不多貼著玻璃，我就把飯粒往玻璃上一黏，嚇到佢哋一個二個走夾唔唞。

惡作劇完成！哈哈哈哈！

一秒都未過，我就看到姑娘在走廊飄過，木口木面地看著我。嚇得我馬上用廁紙抹掉飯粒，扮成玻璃清潔員，執返自己嗰屎……

姊妹們忽然又表示想同我同一間房，一齊玩。

我應該有少少面紅吧，我向來是透明人，誰接近我，我多數也會像含羞草一樣把自己關起來。

人生中，有過這樣受歡迎的時刻嗎？想不到在醫院裡我找到了自己發光的一刻。

沒多久，姊姊和妹妹便跳起舞來，非常歡樂。

「佢哋咁開心嘅。」不知誰説。

「我朝頭早先見到佢哋喊完嚟。」風像畫外音，補充著鮮為人知的事實。

都好嘅，有得笑的時候就盡情笑吧。俗語有話好天搵埋雨天柴，咁開心嗰時笑埋傷心嗰陣嘅笑聲又何妨呢？

不過玩還玩，狹小的病房根本就不是她們能夠大展所長的舞台，她們的舞步像蟹一樣橫行，跳多兩跳幾乎跌倒。

惡爆阿姐看見了，狠狠地罵了她們一頓。

唔緊要，快啲出去再跳過！輪到我為你們打氣了。

社工的話

情緒病的治療方法

治療情緒病的方法主要有藥物治療和心理治療兩種，這兩種治療方法可以相輔相成，為患者帶來更好的治療效果。

- 藥物治療通常會使用抗抑鬱藥、抗焦慮藥、鎮靜劑等藥物，令腦部血清素及其他化學傳遞物質回復平衡，增加情緒調節能力
- 心理治療則是透過臨床心理學家、輔導員、社工等專業人士提供治療，當中會採用不同的治療方法，包括認知行為治療和家庭治療等，幫助患者學習更好地增加自我意識和處理負面情緒

要促進身心健康，除了藥物治療和非藥物治療，還有其他輕鬆的方法有助治療情緒病，例如：

- 與家人和朋友定期溝通
- 維持規律的睡眠、飲食和運動習慣
- 實踐自我關懷，透過不同方法例如進行放鬆練習、瑜伽、冥想等傾聽自己的心聲 。

治療情緒病可綜合考慮不同的治療方法，重要的是積極參與治療，在起伏中成長。

我變成咗我最驚嘅瘋子（上）

精神病院是一個很神奇的地方，會讓人住得愈來愈不精神，愈來愈似有病，這應該是我的問題。

我是睡寶寶，睡眠不足就嚟料。

捱過了喊包的第一波攻擊後，好像也有一兩天的平靜日子吧，然後又來了第二波、第三波……

風平浪靜也讓人擔驚受怕，那根本就是暴風雨前夕。不用天文台，我們也知道壞天氣必然會來，除非可以出院。

我以為迎接第一波時，我哭到全身發抖就是最嚴重的病發，原來那只是種子罷了。

第四波那天，我連自己的床也待不了，要跟相熟的人黐埋一齊，尋求安全感（我已經調咗床，距離喊包都有兩三米啩）。

我怕，我真的很怕。到底怕些甚麼呢？

難道她會衝過來打我嗎？不會，有的只是精神折磨。

最不能接受高頻噪音的，是木，但除了頭兩次，她沒有再失控。燈燈燈凳！她已經獲得了「哭聲抗性」！

反倒是我，竟然愈來愈像一嚿扁撻撻但不趣緻的響鈴，就畀湯底浸死（咁啱寫到肚餓想打邊爐）。

當日喊包才剛開始哭，聲量還屬於溫柔體貼的單車響號聲，我成個人已經硬晒軚，背貼著牆壁站著，若有背後靈都會畀我夾（消音）死。

木走過來圍爐取暖，悄悄地說：「我而家唔係求自己出得院，係求佢（喊包）出得院。」

我心諗：就算佢唔走得，你都唔好走先過我，唔好丟低我呀！我冇咗你會死㗎！

（雖然我知以木的情況，我肯定自己先係攞低佢嗰個。我冇義氣……Sor……）

我對木說：「好驚呀……」

話口未完，我啲眼淚已經玩緊降落傘，畀地心吸力扯緊落地——本人眼淚不代表本人立場。

木反而伸出雙手，像運功吐納一般舉起又放下，教我深呼吸，吸氣，呼氣，用力推，嚊，見到 BB 個頭喇，再畀力——我笑唔出囉。

我諗，我真係一個壞咗嘅人。排洪系統因為長期受壓而塞咗，本來每日連綿不斷的焦慮微雨也足夠令馬路變成瀑布，現在還有落極唔停的聲波暴雨，恐懼已經浸過眼眉喇，救命呀！

但我們只能默默承受，沒有姑娘來處理，就算有，又點呢？口頭安撫，作用不大。

我直頭坐埋上去土的床，雙手捂住耳仔，面向走廊，一直流淚。我成個人勁驚、勁炆，幾乎想整穿自己的耳膜。

撳鐘去廁所時，實習護士看到我的耳塞，問我：「係咪聽到聲音呀（意指有沒有幻聽）？」

我頂！

我咪講過我從來都冇幻聽囉！我就嚟畀啲喊聲嘈到失聰喇，你仲問我係咪聽到聲音！你係咪聾㗎！你咁得閒關心我，就關心下喊緊嗰個啦！

我梗係冇鬧出聲，我仲有自制能力。況且佢只係好心，兼未學滿師。唉……

當時我只是指著喊包，乜都冇講，然後將這件事寫落小器簿，下次當那個護士再撩我講嘢，我都廢鬼事睬佢。（條女真係好鬼小器）

我哋有精神病啫，唔代表我哋冇眼耳口鼻、冇知覺。你感受到的，我們一樣感受到，你想到的，我們一樣都想到，甚至想得更多，我哋唔係碌木呀。

我們知道醫護很辛苦，大家有眼見，而且拿出真心來關心病人亦是本分以外的事，我們衷心感激。

如果想關心我們，請記得我們除了有病之外，也是一個人。

當日，不久後醫生來見我。我就這樣震下震下，喊住喊住來到走廊，和醫生對著坐。

我還要用手一直捉住走廊牆壁的扶手，尋求一點點安全感。

「點呀你？發生咩事呀？」醫生問。

雖然他帶著口罩，但從他的眼神來看，我看到了關懷和擔憂。

我説，因為童年陰影以及曾經長時間受到欺凌，我對聲音非常敏感。以前冇事冇幹，聲量大一點的噪音也會令我焦躁，何況而家呢？

只有開會才能決定我能否出院，當時是星期五，我知道至少仲有五六日要捱。

「我真係覺得好驚，唔該你可唔可以幫我申請調房呀？」唯有這個解決方法吧。

醫生也聽到嘈吵的哭聲，表示同情，他說會試試和病房的負責人申請，但那是他職權範圍以外的事，他無法寫包單。

呢層我當然知道，便說：「明嘅，我都知好多嘢你未必控制到。」

無法忍受，就說出口呀。最起碼我試過了，他也試過了。

有時候我無法界定自己是軟弱還是堅強，別人捱得到而我捱唔到，當然就是軟弱。但這次我沒有逆來順受，至少我把自己的情況解釋過了，至少我嘗試過為自己爭取些甚麼。

容許我覺得自己堅強嗎？

回到房間，我繼續摺埋自己在土的床上。

後來大概受到木「啟發」，我開始做一些重複性動作——微微彎曲膝蓋又站直，看起來像不斷上下擺動身體。

我唔知點解要咁做，我覺得我可以用意志力去停止動作，但這樣做我會舒服啲。唔講真係以為我（消音）癮發作。

我不斷踬下踬下，然後我的管家婆（超我）跑出來，知道這樣下去不是辦法，便迫自己嬉皮笑臉，和土、木吹吹水。

即係咁，木嗰首《雪姑七友》真的太洗腦……

我發覺我的忍耐力算好，最先嬲到鬧鬼喊包的，是木，居然沒有罵髒話，叫我這個戒粗口戒咗大半世的姐姐情何以堪。

（註：戒粗口的意思是物以罕為貴呀，成日講粗口會令霸王色的霸氣側漏，都係擇日、擇事、擇人來說，先至有斯文人突然講粗口嗰種震懾世界的效果。）

我不記得木罵了甚麼，也只是三四句吧，卻有怒髮沖冠的氣勢，嚇到一直冇咁好氣的姑娘終於要入房調停，安撫喊包。

第二個發火的是土，「喊完未呀！嘈（消音）住晒！冇人想明白你呀！」

薑果然愈老愈辣，不過她仍然貫徹始終，中氣不足。

M則一直在我耳邊靜靜「祈禱」：「喊乜嘢呀，我都未喊啦……」

其實我覺得這間房需要氧氣筒，喊包喊咗咁耐應該都冇乜氣㗎喇，土需要補補氣，而我潛咗落水底應該就快斷氣。

我繼續踎，繼續踎……

夜晚七點幾派藥，護士甲和我說，無法調房，不過下星期三隔離完畢，所有病人都可以出大廳，不用繼續在房間裡困獸鬥。

唉！其實我都預咗。

仲畀全世界都看到我繼續踎……

護士甲問我：「不如畀粒鎮靜劑你，放鬆下啦。」

唔制！我要踎！吹咩！（梗係唔係啦，而家咁早，食完又未瞓得覺，我等十點先食咋。）

「話唔定唔使等到出大廳嗰日，我已經出得院。」我大言不慚，仍然仲笑得出吖。

姑娘們細細聲說了些甚麼我聽不到，大概是取笑我吧。我而家咁嘅款，點可能出得院呢？

然後輪到木食藥，護士甲給出同樣的建議。木說不吃，但那顆鎮靜劑還是自帶詭異的笑聲音效，空降到她的藥杯內。

等姑娘離開了，木反白眼，「成日逼我食鎮靜劑！」

我在旁邊吃吃笑，繼續踎……愈夜愈踎得起勁……

我變成咗我最驚嘅瘋子（下）

又到了星期二，我痴痴地等待醫生來宣布我出院的好消息。

一直等，一直等……

而喊包則由中午開始發功，我已經數不清這是第幾波攻勢了。

這次我終於沒有哭，多得有木和我打打鬧鬧。但嬉戲了兩三個鐘，我就謝晒皮，因為我開始勁頭痛和耳仔痛。

過了五點，醫生都冇嚟到。我猶如被細菌分解再分解的垃圾，等到發臭，等到個心都腐爛埋。

明明之前每次開完會當日，醫生就會來宣布結果，今次咩事呀？

到底今次出唔出得院，畀個答案我好唔好？不要將我凌遲處死，兼拖完一日又一日好嗎？

我已經說過我這星期一定要出院，我很重視的寫作比賽這個星期就截止！

能讓我支撐到今時今日仲未死，就是寫作和身邊人。不要奪走我最重要的東西！（後記：比賽輸鬼咗 ∑(￣□￣;)）

沒有。沒有任何資訊。

我真的受夠了！

點解要將我同個火警鐘綁埋一齊？我個頭好痛呀！我對耳好痛呀！特別係左耳，好似畀乜嘢塞住咗咁，聽力彷彿少咗三成。食咗止痛藥，都完全止唔到痛！

又唔畀我調房！又唔畀我出院！我做錯咗啲乜嘢啫？我唔係入嚟醫病嘅咩？

差不多凌晨一兩點吧，我眼光光看著天花板，依然頭痛到爆，就要求再吃一顆止痛藥。

土順便也和姑娘說她需要藥物。

姑娘對她說：「點解而家先講呀？下次早啲講啦，呢個時候唔會派嗰一種藥㗎。」

明明土在幾個鐘頭前已經話過想要那種藥，無人理會她，佢個傻婆又唔敢再問，自己戇居居咁等，而家仲要向姑娘不斷道歉。

吃過藥後，我愈想愈不忿，抱怨：「乜都係病人錯晒……」

然後我又哭了，雖然細細聲，但半夜要求吃藥，其實已經把院友們吵醒了，而家仲要喊衰晒，其實我都只係五十步笑百步。

喊包一日喊六個鐘，都係喺日頭喊。我喺夜晚喊，擾人清夢，其實我有咩資格話人呢？

後來我才知道，我從來不是忍耐力高，我只是不懂宣洩情緒。

旁人在憤怒值升至 40 的時候就會發火，像壓力煲減壓，為情緒降溫。但我卻會一直死忍爛忍，直到憤怒值變成 90，才終於火山爆發，比別人爆發得更可怕。

終於捱到天光，我依然頭痛，左邊耳仔仍然被抹上了一層蜜糖，不知道有沒有睡得到一個小時。

所以當院友鳥連燈都未開就唱歌，我想也沒想，直接要求：「唔該你遲啲先唱啦。」

吃早餐的時候，我說：「我覺得我今日會鬧人，大家小心啲我呀。」我主要是對土和木說，我實在不想傷及無辜。

難道提早單聲，就能夠為稍後的失控開脫責任嗎？當然不是，尤其是我的第一槍走火了，我事後是後悔的。

就在我想趁嘈吵繁忙的一天開始之前，嘗試補眠，M 卻又嚟料，喺我個頭冇幾遠嘅地方祈禱，説著和某某的恩怨。

「可唔可以靜啲呀！」我的口吻不是請求，而是責備。

她馬上用被子蓋頭，我肯定是嚇著她了。

我幾乎沒法控制自己的情緒了。

憤怒堆積在胸口，我走不出這牢房，也走不出自己的盛憤。

我不想這樣呀！

既然始終睡不著，我嘗試散步，我嘗試在音樂中尋求平靜，我嘗試和木嬉笑玩鬧。

我，我，我，我還有自我，我不是我的情緒。

我嘗試迫自己笑，笑從來是化解壓力的良方。但我的笑聲聽起來就像電影《JOKER 小丑》（英語：Joker）中，Joaquin Phoenix 那些空洞而瘋狂的笑聲。

然後導火線來了——喊包又開始喊痛苦。

其實已經和她的音量及説話內容無關了，我的身心已經記住了之前數次的傷害，光是聽到她的聲音，我已經感覺到怒火中燒。

我繼續忍耐。

我相信我還是看得到曙光的。

我問姑娘，醫生幾時來，她當然不知道，但她説昨天開會，負責我的醫護都一致贊成讓我出院，我叫緊餬，很大機會可以在這個星期出院。

「咁我即係幾時可以出院呀？」

「呢樣要等醫生嚟宣布喎。」

即係又唔知等幾耐啦。然後我又問，係唔係今日出大廳呀，她說，未咁快呀，可能聽日啦。

但前幾日病房負責人明明話係今日㗎喎！點解講過唔算數？我已經乖乖哋捱到今日啦！

「又唔畀我調房，又冇得出大廳，唔係佢死就我亡㗎喇。」我冷冷地說，用眼神和姑娘示意「佢」是指喊包。

姑娘叫我再忍耐下啦，便離開了。

我忍，但忍不了半個鐘頭，終於對著喊包爆發了：「你講（消音）夠未呀！」

喊包一臉無辜：「又做咩呀？」

「你尋日喊（消音）咗六個鐘呀！」我一直鬧，一直鬧，「你有咩想要咪撳鐘搵姑娘囉！喺度喊乜（消音）嘢啫！」

我不記得我人生裡有沒有試過用這種聲量、這種語氣罵人，但我童年卻曾承受過這些。

我終於還是變成了我最憎恨、最恐懼的那個模樣。

小時候，我覺得那是瘋子的模樣，看來我現在真的黐咗線了。

我不記得我還罵了甚麼，木在旁邊好聲好氣地叫喊包有嘢就撳鐘。

我坐回自己的床上，一言不發。

木走過來，和半睡著的土有一句沒一句地聊天。

我不想燒埋佢哋嗰疊，所以沒有插嘴，只是靜靜地聆聽著。

她們卻不知怎地提起了躁鬱症。

我聽了好幾句，就伸出一隻手掌，「不要說躁鬱……」

個「鬱」字都未講完，我已經崩潰，半秒爆喊，全身抽搐。

木馬上躲回自己的床，用被子蒙著自己全身。本來想睡覺的土，便繼續睡覺去。

我的負能量把所有人都弄得不開心。

我一邊哭，一邊想：我不想再發癲，我覺得這樣的自己好可怕呀！

我等待心情平復些少，就再撳鐘，去廁所洗個面，出來後，我不是回房，而是走到剛才那位姑娘的面前，問：「我想請問我今日會唔會見到醫生？」

我又哽咽了，「咁多日以嚟，我嘅情況一直都好穩定，我自問對你哋個個都好好禮貌吖，點解要搞到我咁失控……」

姑娘見我唔多對路，叫我先回房，她會幫我問一問。

幾分鐘後，幾個姑娘終於走出來，宣布：「幫佢調房啦。」

我如獲大赦，多謝前、多謝後，抱著被鋪，拿拿聲去到另一間房，甚至沒有機會和木、土說一聲。

原來調房的許可就這麼簡單，條件就是要我精神崩潰，是嗎？

後來我才知道，一個人覺得憤怒，可能不是單純憤怒那麼簡單，真正的理由可能是恐懼，可能是想保護自己。

喊包的高分貝噪音只是讓我發瘋的表象，根源是我過去曾經受過的創傷吧。

調房了，結束了，在我身體覺察到我離開了危險的一刻，我繃緊的神經便神奇地完全放鬆下來。

我又變回「正常」人了，大概是吧。

社工的話

走出自己的復元路

患上情緒病不僅僅是不開心，它涉及到情緒、思維和行為等各種變化。哭泣便是其中一種，患者的情緒可能會極容易被觸動，好像作者般「半秒爆喊」，無法控制淚腺，眼眶總是紅紅的。既然不能控制哭泣，不如不要過分壓抑，也不要責怪自己。好好哭一場，才能讓情緒徹底釋放。但當然，一味地用哭泣來逃避現實，不去面對問題，問題只會變得更糟糕。或許患者會因病失去動力，容易沉溺於負面情緒中，但破除焦慮、抑鬱的方法是行動，不論行動有多細，無論是食飯，洗澡、或是到公園散步，只要有行動，對於病情都會有正面幫助，讓我們一起一步一步走出屬於自己的復元節奏吧。

我最期待的sheshe情節出現了……
!
辛苦了!
沒事了!

時間線回撥至一兩個星期前。（又話按時序寫，你講晒啦！）

雖然我都相當自戀，但成日有一個女人望住我呢個方向是千真萬確的事！

傲嬌協會會員當然毫不在意，你隨便望囉，我係唔會（表現出）沾沾自喜嘅。

呃……內心戲太長了，好吧，正確來説，她是望向我們——我和木。我們兩個人經常圍爐吹水。

那一雙彷彿安裝了追蹤器的大眼睛屬於院友林，她正在遙遠的一號房。她最初入院是和木同房，後來木被調到我房去。

「林又望住木喇。」我説。

木是 A0，我這種 les 界花生友當然不會放過任何搧風點火的機會。

不，其實是土那個壞女孩開始講先嘅，她説林看著我，好像對我很有興趣。我竊喜了一秒，但心裡明白，木才是主角。

唔通我最期待嘅畫面終於出現？——呢個女子監獄，莫非真係有 sheshe 曖昧情節？

為搞清楚，我哋做咗個實驗。木匿喺走廊睇唔到嘅門口死角位，林經過時果然四處張望，搜索著木的身影。

明晒，林眼甘甘看著的是木。

「有一次我畀人綁，就係因為林報串。」木反白眼。

她説的是她來到我們房後，第二次被綁的經歷，當時她只是坐在牆壁和床之間的空隙，並沒有傷害自己。

「你哋好熟㗎？」我問。

「我都冇同佢講過嘢。佢同我打招呼，我淨係點過頭囉。」木好鬼無奈。

啤！

「成日望住我做乜啫！我豬扒嚟㗎！」木多次發現了林的目光，搞笑地抱怨。

木不喜歡社交，不喜歡成為焦點，所以林超乎尋常的關注，令木感到很不自在。

但林的一號房和我們五號房相隔一大段距離，咁遠，其實很難估算林到底在看著甚麼。也許她只是像其他人一樣，盯著某一點打發時間罷了。

「可能佢發吽豆啫，你唔望過去，點知佢望緊你喎。」我説説公道説話。

土對木説：「可能佢對你有意思呀。」

喂！之前明明先話林對我有興趣，咁快轉軚繼續炒花生㗎！衰鬼，我鍾意。

「唔會囉！」木忙著撇清關係，「佢成日碌大隻眼，企定定望住晒，好得人驚囉。」

木應該只是警戒心著晒先咁講啫，我反而覺得林幾友善。

之前她曾主動隔著玻璃和我打招呼，這幾天我在玩自己發明的過四關，她路過時也饒有趣味地看著我玩，還給我比了一個讚。

她長期瞪大眼睛的確有些異常，但我有種感覺，那應該是受苦的表徵吧。我發現自己在恐懼或緊張的時候，也會不自覺地全身繃緊，瞪大對眼（媽呀！我終於可以變大眼妹喇！我對眼本身只係大過李榮浩少少咋）。

其實我一早已經好留意林（別想歪），當時我還在二號房，她入院的第一晚便出了狀況，幾個姑娘忽然衝入佢間房，把她綁起來。

到底發生過甚麼事？土說，嗰時佢成塊面都紅晒，好似好辛苦。

第二晚，我睄下一號房，發現不見了林。

奇喇。後來在派藥時，我才知道她原來躲在床腳旁邊，背靠牆壁，蹲了下來。

有三四個姑娘入佢間房，扶起佢，她卻緊緊閉著嘴巴，不肯吃藥。

當時姑娘乙也在，所以沒有催促，沒有責怪，幾個姑娘像哄小孩一樣鼓勵著林張開嘴。

擾攘了一段時間，林終於肯把藥吞下去了。然後某姑娘好像放下一個容易破碎的陶瓷般，按著林的膞頭，把她按下床褥。

但姑娘一走開，林卻如橡筋放鬆，機械性地回到她原本的軌跡上。她站起來，轉身後退，背靠牆壁，蹲下來，還將頭縮進外套裡。

某姑娘本來還想把林拖起來，姑娘乙卻說：「由佢啦，由佢啦。」

門關掉了，整間房間又剩下林一個。

林好像縮成一粒塵那麼微弱，使得明明狹小的病房，如今看起來卻如荒原般空蕩蕩。

她一個人當然孤單，但我懷疑，佢嘅世界或者擠滿咗過多的人，佢先會咁努力想縮小自己的存在。

就是這個在床邊靜默瑟縮，極渴望自我保護的微小身影觸動了我。

那種姿態肯定藏著一種故事，一些感受。我一直很希望能夠和她同房，綜藝之神——是散文之神才對啦——卻不肯滿足我這小小的願望。

經過最後一次調房，我又回到了二號房，和林近了，卻始終隔著一面玻璃。

我在房間裡散步，林忽然敲敲玻璃，叫喚我。

哎呀衰妹！做乜咁主動嘅啫！我飄飄然地來到玻璃前。

她問我名字和年齡，我答了，問返佢，然後我又做返社恐仔，繼續散步。

她很快又敲玻璃，問我這次因乜事入嚟，她也說了自己的事。

佢指住自己對眼同耳仔，又做了一個抹頸的動作，然後舉起一個三字。

我問她是不是第三次入院，唔係呀，她努力讓聲音穿過玻璃，解釋自己有幻聽、幻覺和想死，三寶齊晒。

是第一次入院嗎？唔係呀，我十八歲第一次入院，入過好多好多次喇。

太辛苦了吧……

她舉起雙手，手腕至前臂的皮膚有很多條横向舊疤痕，皮膚彷彿長期泡水而腫脹起來，形成一些摺紋。

她的傷痕衝擊著我的視覺，化成電流和光影，在我的腦海裡找到了一個個似曾相識的影像。

後來她多次敲玻璃，都是問起木，看來認識我，是想透過我了解木的事情吧。

她果然對木很有興趣呀。

我轉身，向木揮手，木看到我了，我偷偷地指住我身後的林，然後做出心型動作（炒花生的形態），再指下木。

木吃了一驚，我奸笑，用口型做出講笑啫（隔咁遠唔知佢睇唔睇到呢）。

不久，隔離措施放寬了，不同房的人終於可以於同一時間上廁所。我和林終於可以在廁所 gathering，面對面傾偈了。

我很快就問：「點解你成日望住木嘅？」

「你都留意到呀？」

「梗係啦。」

「我覺得木好似以前嘅我。」

我會心一笑，「我都估到。」

她很驚訝，「真係㗎？」

真㗎，係女人嘅直覺。

毫無疑問那種眼神不是想傷害對方，而是充滿關心，至於有沒有愛情成分呢，我身為暗戀界 KOL（自封），我梗係知道唔係啦。

尤其是當我看到林的傷口時，我就明白了，那幾乎和木的傷口一模一樣。

我在木身上投射了情感，所以特別想關心她，而林對於木的特殊關懷，也和我的相似，所以我點會唔明呢？

作為一個負責任的花生友，下次再去廁所撞下木，我有解釋同佢返林嘅想法㗎。

木很驚訝，似乎對此不甚理解。但既然真相大白，她應該對林的眼神沒那麼反感吧。

畢竟都是同病相憐的人。

不諱言，因為林有同樣的傷口，而且她是我第一個認識有齊三寶的人，所以我其實幾在意佢。

雖然我只會偷偷地、安靜地看著她（社恐仔模式），就像她在遠處關心木一樣。

我臨出院前，林又聽到聲音了。她甚至還莫名其妙地停在走廊上，一動不動，猶如入定，彷彿有一層霧，將她拖進了另一個孤單的世界裡。

不知道她後來怎麼樣呢，希望她身邊一直有一個人，能夠和她說說話，在霧中給她一支火柴，燃起光吧。

如今又想起林，不知道她對著木（從前的自己），有甚麼感受？想說些甚麼呢？

之前我做過鏡子練習，作者要我在紙上畫出童年的自己，然後和她對話，療癒過往的傷口。

畢竟人拖著過去，就很難邁開闊步向前行。沒有被處理好的創傷，也許不會造成明顯的後遺症，卻總會不知不覺地影響著我們的人生決定。

有時我覺得我們的身邊人係塊鏡，反映著我們不同的樣子，不同的心結，讓我們投射一些藏在深處的感情。

無論意唔意識得到，我們從前快樂或悲傷的經歷，總是暗地裡控制著我們走近或遠離某些人。

如果你遇上了另一個自己，你會愛她，還是恨她呢？

我應該不怎麼喜歡像我這樣的一個女子吧，以前。

我想像林對木可能會說：

「嗨，你現在很痛苦，很想放棄吧，這時的你也許有奢望過可以完全康復。我不知道年輕的你看到現在仍然受苦的我，會不會苦笑著對我說，反正也醫不好，不如一早跳下去，乾乾脆脆啦。

但我卻捱到今時今日仍然活著。你有想過原來自己是這麼堅強的人嗎？這些年雖然苦，但我仍然有值得捱下去的理由，也許對現在的你來說，這個理由還未來到你生命之中，但我就劇透一下，你還是可以對未來抱著期待的呀。」

至於木，或者說年輕的我們，會想對現在的我們說些甚麼呢？

我曾在病重的時候給自己寫了一封信，註明是給未來低潮期的自己，也許你現在也和我一樣正處於低谷，不妨寫封信，想像下將來啦。

「乜你又冧咗呀？好啦我唔笑你喇，人生係咁乞人憎㗎啦，唔會因為你曾經落過谷底，就可以免疫唔使再跌低。但你記住，以前嘅自己捱得過，今時今日嘅你一樣都捱得過。你比昔日嘅你有更多閱歷，更加成熟，最緊要係有更多幽默感。今次若然死唔去，第時又有一大堆故事攞出嚟氹人笑喇，正唔？」

（這段文字不代表我封信的內容。）

與自己和解，給自己一個擁抱，叫自己相信，自己仍然能夠在黑暗中獨舞，好嗎？

哈利，係愛……又點呀？

愛的力量比一切強大，呢啲嘢係鄧不利多先會信。但我最近學緊天真，想姑且嘗試相信有人真的愛我，我也有餘力愛人，而愛和被愛比甚麼都重要。

講返舊時，由中學畢業之後返暑期工，我就培養出自己脱韁野馬的一面，我會對著一些不怎麼熟，甚至談不上是朋友的人説「愛你呀」。

我就跟所有未成年人及所有成年人一樣（即所有人），對外人很多時候都比對自己屋企人更好，我已經很久沒有對家人表達心意了。

多得呢個病，這兩年來我和屋企人的關係彷彿由唔識魔法變成識得魔法，是 0 到 1 的大躍進。

我終於懂得對家人坦白説愛了，而不是訴諸於責備的那種表達方式——即係「飲湯呀！凍晒喇！唔飲就早講啦，下次我唔鬼煲」那一種。

每日打電話給媽媽，日日如是，其實沒甚麼好説。頭嗰幾日我哋仲會講講講，因為有太多瑣事需要交代了，便講足四分鐘。後來傾咗一兩分鐘，已經唔知講咩好，索性提早收線吧。

但每次收線之前，我必然會説一句「我愛你」。

某日負責安排病人打電話的阿姐，是夏，她本來正在悶聲工作，聽到我這句骨痺的告白，即刻打個冷震，話：「你阿媽聽到呢句實冧到爆！」

根據非正式統計，「阿姐脾氣排行榜」之中，夏排第二惡。

之前她對我相當冷淡，自此她對我友善多了（除非 get 錯）。這可算是愛的意外收穫吧。

但這一招唔係對個個都有效，畢竟愛需要行動，得把口的愛實在太空洞了。

風便是例子，她除了是我游乾水派的「入室弟子」，還表示要學我，打電話向子女表達愛意。

可惜她的子女似乎不為所動，甚至不願意請假來接她出院。

親情是我寫作的母體之一，也許是我自己本身也實在需要被療癒吧。

倫理關係有千千萬萬種，或愛或恨，不是片言隻語就能夠説得清，一萬幾千字的短篇小説也只能捕捉一種難以言喻。

那種甘與苦，只能細細品嚐。

親子間的愛，似乎總帶著傷害。雙方之間總有一道無法跨越的距離，幾乎就像拔河，明明耗盡力氣想把對方拉近，卻只有把對方逼到某個快要輸掉而發怒的狀態。

要鬆開手嗎？那骨髓裡的血繩，無論你走到多遠，依然會牽動你的骨和肉呀。

院友 E 和 E 媽的關係也讓人感觸。E 因為停了藥，無法控制情緒，打了媽媽，被迫送院。

而家流行話「生仔要考牌」，意思是諷刺一些不合格的父母。如果真係有得考牌咁就好，至少會有個老師教你應該如何做人父母。

尤其是上一代，莫講話要點樣教仔女，隨時掛住搵食，見子女的時間也沒多少。

我媽說過：「從來沒有人教過我怎樣做人媽媽，沒有人教過我甚麼是愛，你公公淨係識打，從來都沒有關心過我。」

於是我媽向我道歉，說不懂得做我媽媽，沒有好好保護我。其實我覺得她已經做得太好了，反而是我，強行給了她一個身分——病人的媽媽。

怎麼從來沒有一課，教我們怎樣照顧病人呢？不是每一個人都會生仔，但每一個人都會病呀。

我不明白「生病」這個詞語是怎樣來的，「生」，出生、生長、生活不都是一些生機勃勃的東西嗎？

到底是「病」要告誡「生」，讓生命蒙上一層灰暗，抑或是「生」要拖著「病」的手，一起在低谷中同行呢？

可不可以「生病要考牌」，讓我們及時在健康的時候學習生病時應有的態度，也讓我們做好心理準備，學習面對至親的病痛。

至少不要讓我們陷入 E 和 E 媽的困局裡呀。

E 不是故意傷害媽媽，很想道歉，卻也對媽媽強行送她入醫院感到憤怒，那種矛盾的情緒折磨著她。

病人能否出院，家人的態度也是醫生的考慮因素之一，所以 E 要出院，至少要和媽媽改善關係。

真可笑，分隔兩地，每日一通四分鐘的電話，點樣改善關係呢。

但我們還是鼓勵 E 說聲老套的「對不起，我愛你」。

E 猶豫，但她也是人哋阿媽，她很想念自己的兒女，於是對自己媽媽也心軟了。

她鼓起勇氣，打電話給媽媽道歉，並承諾自己今後會乖乖吃藥。我們所有人也清清楚楚聽得見，只可惜這番說話不足以讓 E 媽動搖。

第二日，E 見完醫生，沮喪地和我們說：「我同醫生講，我打咗電話畀阿媽，同咗佢講對唔住。點知醫生打畀我阿媽問有冇呢件事，我阿媽話冇呀！」

不知道她們兩母女一向的感情如何，也許傷口需要更多時間癒合，也許 E 媽想給 E 一個足以讓她緊記的教訓，也許 E 媽只是累了，需要更長時間休息，還未有心理準備和會對自己出手的女兒見面。

哪一個可能性也好，希望她不是一個會放棄女兒的媽媽，因為她的女兒還沒有放棄自己呀。

說起來，E 也算是一個擁有愛的女人。她的老公沒有嫌棄她有病，不顧家人反對，仍然和她一起組織了家庭。

「昨天我聽到你說你老公對你的愛，我已經眼濕濕，很替你高興。」我哽咽地說，而家真係十級眼淺，以前參加朋友的婚禮都未有咁感動。

「係囉，你（E）真係幾幸福㗎。」河說。

河轉個頭又同我講：「不過其實而家精神病真係好普遍㗎，要搵到一個可以包容到你個病嘅人，唔係想像中咁難。」

衷心祝福 E 會繼續幸福下去，即使背負著疾病，希望她仍然有家人對她不離不棄。

至於我，我真的羨慕 E，愛情我已經不敢再奢求了。

第六次會談：我們可以做朋友嗎？（上）

我知道這是我最後一次見我的心理學家。

無論我會不會留院，我也決定要終止心理治療。之後我在門診約見的就會是她的上司。

昨晚又失眠，我到清晨才能入睡片刻。明明只睡了不到一個小時，但我卻不怎麼覺得累，這種明知自己唔夠瞓卻仍然精神的感覺讓我很不安。

我一清早就要求吃鎮靜劑，乾等醫生宣判結果實在太難受了，而且我奢望藥物能讓我多睡一會。

不安，但那是思想上的，藥物令我的腦袋沒太多情緒。

心理學家從來沒有在星期四來過，所以我完全沒有心理準備。

一看見她，火燒腦的感覺又來了，我終於明白點解啲人鍾意揸跑車，乜嘢一秒加速到二百公里嘅感覺，就係咁刺激。

明明由上個星期二起，我就一直預演著這最後會面。我設計好了要說的對白，但一見到她，我還是把想要搶過來的軚盤放棄了，和她對著坐，由她先開口問我最近過得怎樣。

「昨晚幾乎沒睡過。」我刻意把視線移到她旁邊的佈景板上，克制自己不要再盯著她看。

她繼續問問題，我通通敷衍地說和之前差不多，也抱怨說，再住下去，輕症也會變成重症啦。

我又講多次啦，我好矛盾，又感性又理性，之所以想見她最後一次，是還有些問題想處理，特別是想借助我對她的感覺和信任，去消除我對醫生和藥物的抗拒。

我說醫生叫我加藥，然後問她對某種藥物有沒有認識。

「藥物我知得唔係太清楚，都係問返醫生比較好。」

好吧，是我問得不好。其實我只是想她以一貫讓人安心的聲線給我信心：吃藥是可以的，吃藥是你需要的，吃藥不會令你的情況更差。

我的計劃是想請求她在紙上寫下一句：服用血清素是安全的。

咦，既然用開紙筆，不如再幫我一個忙，寫下我的電話號碼和社交帳號讓我可以交給院友吧。然後在會面完結時，我便可以把這聯絡資料塞進她的袋子裡，來個霸王硬上弓，圓滿自己偶像劇般的幻想（已壞腦）。

我當時已經把眼睛合起來了，其實沒有任何幫助，我個戀愛腦已經搞到我短路。

「那再說說血清素吧，我想再聽你說一次。」

Bla bla bla，我很努力地聽，她的聲音卻好像從海底傳來。

聽完了，我沒有實行我的蠢計劃。

「門診方面，我想處理我的 trust issue 和 low self-esteem 的問題。」

「可以呀。Bla bla bla。」

我不知聽了甚麼，也不知自己說了甚麼，我還是一直閉上眼睛，拒絕和她有眼神接觸。

她說：「睇嚟你真係好攰喎。」

然後我開始說英文了，既是自我保護，也是剖白自己：「I seldom open up to someone, and if I open up to you, I would like to be your friend, but I know there is a protocol to protect patient, I can' t be your friend, so I want to push you away⋯⋯ 感覺唔係好好。」

（這段英文的意思是：我很少向別人敞開心扉，如果我向你敞開心扉，我想和你做朋友，但我知道有保護病人的協議，我不能做你的朋友，所以我想把你推開。——直接用 Google translate 㗎，吹咩。）

「唔習慣向人講太深入嘅事，其實都好平常嘅。」

我看著她。我覺得自己像頑皮的小孩丟下了一個只會傷害自己的炸彈，卻期待對方會驚險萬分地拆彈。

我當時很混亂，回憶起來對話的次序、內容肯定不同，而且我也不像自己預期般帶點任性，帶點率真，帶點不可救藥的浪漫，反而是個胡亂出牌的低級玩家。

我走神了，只聽見她輕鬆平常地說：「……未必想講咁多自己嘅嘢係好正常嘅。」

「不是，是相反。」唔係唔想講，而係想同你做朋友，想講得更加多，亦想真真正正咁認識你。

「我想我對你有點移情作用吧。」其實人哋一早知啦，但應該估唔到我會咁豬，將間房隻大笨象篤出嚟啫。

我真的不記得她說了甚麼，因為我還沉浸在自己拙劣的表白當中，以下的對話應該是有真有假的。

她繼續用她的專業來四両撥千斤：「其實都係好平常嘅事嚟嘅，傾得愈多，愈有一種熟悉嘅感覺都唔出奇，或者之後你喺門診同 XX（佢上司）傾嘅時候，可能都有呢種感覺都唔出奇㗎。」

「對著她，不會。」我搖著頭，向著她微笑著，非常肯定。

「係咩？」她也笑著。

我繼續笑著搖頭，幸好沒有說出更多侮辱對方專業的話，但我幻想我們之間有種女同志的心照不宣。

她續說：「不過都同你講聲先，呢種情況都有可能會發生嘅。咁除咗 trust issue，痛症方面你仲想唔想處理？」

我胡亂回答了，又合上了眼睛，沉默了。

「見你真係好攰咁喎，仲想唔想傾落去？」

「呃⋯⋯」其實我唔只攰，我想說 closing my eyes is my way to push you away。

「聽日我都會嚟睇你呀，你想唔想傾到呢度，今日好好唞下？聽日我哋再傾都得㗎。」

她肯定看不到我口罩裡微微張開的嘴巴，我總算張開眼睛，卻仍然看著壁報板，玩弄著手指。

我應該今日就走㗎喇，而且聽日見到佢情況都會一樣。我係應該果斷企起身走人，咁對我個病先最好，我想知嘅其實已經知晒。

「係咪仲有邊啲嘢想傾？見你好似欲言又止咁。」她還是看穿了我。

第六次會談：
我們可以做朋友嗎？（下）
!
HEHE!!

她問我還有甚麼想聊嗎，其實我還有很多很多事想和她說。

人人都有大大小小的心靈創傷吧，我的問題只是小兒科。身為寫作人，我一直慶幸自己性格敏感，對世事容易有深刻的感受，但近期我才發現，我對於自己的情緒是非常後知後覺的。

例如遇到一些小事吧，就當有個偷懶的同事把所有工作塞給你好了，其他人可能會向朋友訴苦，吐個十分鐘的苦水，把這個同事一向的劣行說個清清楚楚，把自己的不滿通通抖出來。

但我呢，最多只會用三四句把情況概括，火山還未開始爆發，我就把火壓下來了，還要加句「我冇事喇，同你放負唔好意思呀」。

但其實火仍然在慢慢地燃燒，在心裡頭烙出一個個內傷，自己看不見，自然就沒有用針線把傷口縫好。

失戀呢，我是以為自己沒事的，或者是刻意讓自己沒事。那時候在電話裡頭，她終於提出了要分開，我知道她受夠了，再也沒法挽回。

然後我們見面了，我專登沒有戴上我們的戒指，臨別的時候我還給了她一封分手信和一件分手禮物。踏上列車，我明知道她仍在看著我，我卻頭也不回地離開了。

我是刻意這樣做的，做得絕情些，好讓她不要為離開我這種衰人而內疚，當時我知道有一個更好的人在追求她。

分手後喊過幾多次，我數得出，以為感情早已變淡，冇乜幾咁傷心，以為喊過就夠啦，偏偏過咗兩年仲成日諗起佢，仲將佢嘅舉動、口頭禪烙印咗喺自己身上，讓她如影隨形，像從來沒有離開過我般。

我不是好人，所有人到頭來都會離開我──從小我就帶著這些觀念過活，對著再親密的人也無法交出自己全個心。我不願意受傷，卻因為這種恐懼，把自己弄得焦頭爛額。

停頓得夠久了，我對我的心理學家說：「上星期我終於忍不住打了電話給我的前女友。我本來每天也打電話給我媽的，但是⋯⋯」

「點解突然打畀佢？因為我似你個 EX ？」

「其實你一點也不像她，完全不像。」總算有機會澄清，但我沒有說明：你讓我諗起佢，係因為佢令我有感覺，而你都令我有感覺，只不過係咁。

「我打了電話給她，和她說⋯⋯」我抖出對話內容後，說：「我意識到我一直也會 push people away.」

（係咪好想八卦下我講咗咩呢？我係唔會同你講嘅，呵呵。）

「咁當時你嘅心情係點呀？」

「It's good to hear her voice, and she recognised my voice immediately。我冇講自己係邊個，我哋就係咁喂嚟喂去，佢問我係咪 XX（只有佢會叫嘅暱稱）呀？我已經開始喊。其實我都知冇可能，但出返去之後我想試下可唔可以追返佢，我知道佢早排分咗手。」

「佢當時嘅反應係點呀？」

「佢冇咩反應，應該話我冇畀機會佢反應，我以為個電話會飛去留言，所以我一輪嘴咁講，冇畀機會佢應我。」

「你自己期望呢段關係會係點樣嘅？」

「我很想做些甚麼彌補，或者和她做回朋友，雖然最初說不做朋友的是我，我都唔知呀。」

其實我知道這根本是不可能的事，我甚至不會有膽量再去打擾她沒有了我、很快樂的生活。

「感情呢方面始終都要你哋兩個去溝通下嘅。意識到自己有推開人呢種模式，或者之後可以嘗試下克服，當然一開始嘅時候一定會唔習慣，可能會覺得不安。」

我點頭。

「你有冇咩係擔心嘅？」

「驚佢唔肯，亦驚自己跌返落去個循環到，同佢做返朋友之後好快又提出唔想再繼續。我最近覺得自己啲痛症可能真係同情緒有關，最初發病係同佢分手之後，而今年四月我同佢講咗唔再做朋友，然後我五月情況就開始變差……」

「之前你就覺得同情緒冇乜關係啦，而家你覺得情緒有幾大關係呢？」

「可能係 40% 啦。」（我亂答嘅，鬼知咩！我雙位數加減都要撳計數機㗎！）

「意識到情緒同痛症嘅關係，都係一種進步呀。」

我故作輕鬆地扯開話題，「不過我也慣了被拒絕，就好像之前同房的妹妹，我們很投契，我很想和她做朋友。」

「妹妹添呀？」她笑得很開心。

我知，女同志從來都喜歡姐姐，不喜歡妹妹吖嘛。

「嗱，我唔係鍾意她呀。我問她如果留電話給她，她會打給我嗎，她説不會，我很傷心呀。」我笑著説，「我份人係比較濫情嘅。」

「想做朋友啫，又唔係濫情嘅。」她笑。

「係濫情哩。」我依然笑著堅持批評自己。

「你多愁善感啫。」她依然笑著堅持開解我。

如果唔係又點會咁易移情呢？點可以一邊想起前度，一邊想起另一個人呢？我就是咁衰格，我就是控制不了我過多的情感呀。

留意返，我唔希望我嘅「多愁善感」會令大家以為女同志全部都係咁，只係我份人比較衰格啫。但係我淨係戴過帽，冇派過帽㗎，我一拍拖就超專一㗎（又來維護自己的形象）。

頓了頓，她問我今日還有沒有甚麼想談，我想了一會，擰頭。

是最後了。

「最後一個問題……」我總算認認真真望住佢對眼，好想睇清楚佢嘅反應，「我可唔可以同你做朋友？」

我覺得那是我人生中其中一個最勇敢的時刻，也許是這個環境讓我不只捨棄了外間的身外物，還捨棄了無數的心理負擔。

她依舊瞇起眼睛微笑著，輕輕搖頭。那是一種無聲的溫柔，但明顯的拒絕。

我看不到她的表情，也許我不是第一個對她有移情作用的病人吧，又或許她向來很受歡迎，遇過很多女生這樣冒昧的請求。

我只能看到她的雙眼，溫柔地微笑，那絕對不是裝出來的。

我不是一早知道答案，而是只有這唯一的答案。醫護守則——有這理由其實挺好的，至少我不用想我是不是零吸引力。

我整個人也回復到比較輕鬆的狀態，蹺起腳，雙手隨意地放著，視線卻又拉開了，「好可惜呀，我想寫一本關於心理學家同精神病人嘅小說，你係我唯一識得嘅心理學家，仲諗住問下你意見添。」

「你會遇到其他人嘅。」她的聲線依舊冷靜平穩親切溫柔。

也許是她不想讓我尷尬，也許這事情實在平常得沒有讓她產生任何感覺。但我想像著一個大姐姐對暗戀自己的小妹妹，輕輕摸頭，拒絕。

我點頭，頓了一頓，「好啦，咁今次就係我哋最後一次見喇。」

我終於看到她有些微動作，是詫異。

意外吧？她本來說明天會再來見我的。

哼，是我終止了關係，主導權回到我手上了（自欺欺人）。

她點頭。

我祝福她工作順利，她祝福我甚麼我記不起來了，我已經用盡努力去讓自己輕輕鬆鬆的。

我說了再見，頭也不回，至少在她沒有察覺時才回頭，還一直偷偷看著她走入護士室，為我的檔案添上最後幾筆。

那幾筆可不是給我的餘波。

事後我還常常想起她，後悔沒有說更多：「我嘅筆名係鴦走蛋寺，係盧凱彤鍾意嘅鴦走、蛋治，不過係寺廟個寺，就算做唔到朋友，或者你可以做我嘅讀者，我會寫你㗎。」

不知道她會不會有一天看到這本書呢？

如果守則有期限，如果……我還是很渴望和她做朋友呀，真的是朋友啦。

我願意等。

濫情的人，通常也很長情。不，我是多愁善感，她說的，我會聽。

走先喇，係咁先喇

拜拜~

説回剛轉房的時候吧。

那是我最後一次調房，加埋我，病房總共有七個人，比想像中安靜。

那時正好放飯，大家談論著飯菜，我也乘機搭嘴，想盡快融入這個新世界。

河是我的隔籬床友。她主動問起我的興趣，和我一起散步。我很慶幸在尾聲能夠認識到她這樣友善的人。

當時我雖然離開了高壓的房間，但仍然對自己的出院日期一無所知，連日來精神緊張，缺乏休息，我的情緒處於相當容易受波動的狀態。

其他院友問起我的病，我話：「我而家好易會覺得驚。表面上我好平靜咁同你哋傾緊偈，甚至可能笑緊，但其實我心入面可能係好驚，係睇唔出嘅。」

河關心地問：「哎呀，咁我同你傾偈，會唔會令你覺得唔舒服呀？」

「Okay 呀，冇事。」

「點解你會入咗嚟嘅？」（落筆時距離出院已經超過四個月，就算我擁有超強記憶力也要投降，就當她真的問了這句吧。）

我說：「因為我唔想死，我驚自己喺出面真係會死鬼咗，所以就入嚟搵人幫。」

「咁其實你都幾積極喎。」

嗰時我本來想唱「誓要去，入青山」來個首尾呼應，但一個冷笑話係不應該講第二次的（明明對象不同喎，但我會冷親我自己囉）。

我只有沾沾自喜地説：「我都覺呀！」

河微笑，「咁就好喇，相信你都唔使人擔心，情況會慢慢好嘅。」

然後我説，她的情況看來也好多了，入院初期，她在走廊對著醫生哭訴的模樣，我還記憶猶新——我話佢畀佢聽我對佢嘅第一印象。

她分享了多年的患病經歷：「最嚴重嗰陣時，我真係每日都好唔開心，係唔識得笑㗎。然後我就同自己講，咁落去真係唔得喎，咁就睇醫生食藥啦。過了一段時間，我有一天突然發現自己能夠笑了。我就對神説，我很開心，我終於可以笑。」

「我真係好戥你開心。」我即刻又眼濕濕。

這番話讓我印象非常深刻，我彷彿能夠代入她當時的感受，彷彿能夠看到她本來目無表情、布滿風霜的臉，在苦苦捱過漫長的冬天，終於能夠開出梅花，綻放笑容。

只不過是一個笑容，卻像癱瘓的病人突然能夠動一動手指頭般，是奇蹟。那不是平白得來的，而是付出了相當的努力，無論有幾辛苦，也仍然活著，仍然呼吸。

雖然只不過是一個笑容，路還很漫長。

她還分享了很多很多。

「唉，很多時候我也會覺得自己沒有價值，對自己很失望。唯有這樣想：我起碼可以做一個過來人，和你分享自己的故事，希望能夠對你有幫助吧。」她説。

「千祈唔好學我呀。」她苦笑著，「唔好好返啲之後又放棄自己，唔好又入返嚟。」

唔好學我。

不要學我。這句説話我第二次聽，第一次是木叫我唔好學佢自殘。

河笑説：「不過我相信你唔會嘅。記住你身邊有好多人願意幫你，有好多人願意包容你個病，願意愛你，個病係有得醫嘅。」

我又眼濕濕，「唪，你記住你自己呢一番説話，你識得咁樣同我講，你都要識得同自己講返呢啲説話。」

安慰別人，總比安慰自己容易，有時候甚至原諒別人，也比原諒自己容易。

我覺得我能夠活到這一天，除了依賴我對身邊人的愛及身邊人對我的愛之外，還因為我唔甘心。

在情緒的漩渦裡，我會自己跳出來，像對著旁人説話一樣，説著一些動聽但也許沒甚麼意義的空話：我要笑，我要笑！扮扮下，假笑就變成了真笑。

寫到這裡，我終於明白自己為甚麼要寫下這一切了。

這就是我以自己的方式告訴大家「唔好學我」，不要拒絕援助，不要忽視自己的情緒問題，不要拖延，把身心狀況弄得更加差。

最後我可以轉歌，唱「走先喇 / 係咁先喇」了。

你以為這是終點嗎？這其實只是漫長的康復之路的起點罷了。

但放心，我會「感激多得身後有身」，唔會再入返嚟。

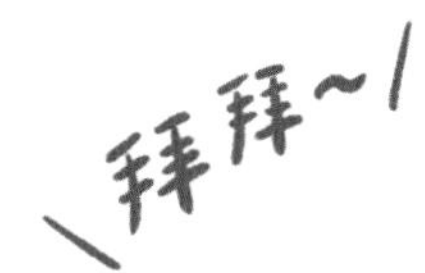

社工的話

復元模式：不只是病人

許多人對於精神康復有一個常見的迷思，就是當精神病患者離開醫院，或已經完成療程，就能變回所謂原本的自己。但真正的療癒並非來自復原（康復者是否回復原來的狀況），更著重「復元」。「復元模式」（recovery model）　調精神病的康復過程是一個癒合和轉化的過程，讓精神病康復者可以根據個人的選擇，發展豐盛而全面的人生，全面實現自我潛能（SAMHSA，2006）。

我們成長當中難免會經歷各種起伏跌宕，幸好人生沒有一條路是白走的。

全人發展（all-rounded wellness)

精神康復者可以熱愛文學創作，喜歡閱讀、電影、藝術，建立充實而多方面的生活。精神康復者只是一個人眾多身分中的其中一個面向，他同時可以是一個文學創作者、幽默搞笑的人、關心社會的知識分子。我們要看見一個人多元的可能性，而不只是他的病徵。

起伏中成長（non-linear growth）

「你以為這是終點嗎？這其實只是漫長的康復之路的起點罷了⋯⋯」所謂復元是一個漸進的過程，並不會直線痊癒，而是持續在成功與挫折之間成長，不斷累積人生經驗和智慧，亦明白到無論當下的病情看似絕望，但正面的改變是有可能的。

朋輩支援（peer support）

作者住院期間，其實並非孤單一人，身邊一直有同路人的支持與鼓勵，院友會分享自己作為過來人如何面對情緒病的掙扎，亦會鼓勵作者不要放棄自己，要過好自己的生活。所以，朋輩支援並不亞於醫護人員，作為朋友，我們不要小看自己為精神康復者帶來的力量。

作者最後滿懷自信：「但放心，我走先喇，係咁先喇，唔會再入返嚟。」她相信自己不會再回到精神病院，能靠自己的能力以及身邊人的愛與關懷，在社區中慢慢復元。經歷癒合和轉化的旅程，過一個有意義的人生，充分地發揮潛能。

參考資料：

Substance Abuse and Mental Health Services Administration (SAMHSA) of the United States Department of Health and Human Services. National consensus statement on mental health recovery. Retrieved from http://www.samhsa.gov

後記

無論你是出於獵奇、唔覺意拎錯書、買聖誕節交換禮物……甚麼原因購買了這本書都好，多謝你，我愛你。如果你願意把這本書分享給親朋戚友，我……我……我無以為報（渣㗎）。

來讓更多人知道精神病人其實也只不過是一個人吧，請用我們的本質，我們的性格來認識我們。

如果你現在也經歷情緒困擾，不要緊，搵人幫啦。我哋一齊去面對，一齊去承受，一齊苦中作樂，一齊被歧視（What???）。

我會繼續努力背負「青山走犯」這個 hashtag，繼續懶幽默讓大家見笑，但請笑得更加大聲，用笑聲來接納我們，用笑聲來和我們同行，用笑聲來把「我和你」的分野消除。

只希望我的文字能夠給任何人一點點溫暖，雖然我知道我的冷笑話有望令香港重獲冬天。

但我必須說，如果某一天，我真的以我自己選擇的方式離開了這個世界（例如在家中吃杯麵哽死），請不要否定我的文字，我的信念，我的堅持。

我的確已經盡了自己對身邊人的愛，盡了自己對寫作的熱情，盡了全力炮製歡笑，也盡了真心釀造眼淚，我是無悔的。

我從來不明白為甚麼要用「輕生」一詞來代表自殺，我們都不是輕視自己生命的人，是生命對我們而言太沉重了。我們太重視一些人、一些事，太顧及別人的感受，太想迎合世界的要求，才把自己挖空，讓自己變得愈來愈輕，輕飄飄得像一個氣球向天飛，懸吊下來的絲帶像默默求援，看看有誰能把我們拉回來。

但現實就是疾病無情，人力有盡，誰也不可能真正拯救誰。但若然能愛與被愛，肉身如何，靈魂也能得到真正的快樂呀。

每一天，每一段文字，每一場雨，每一次海邊漫步，每一次走在林蔭大道，每一個日出，也是我賺回來的，拼了命。

最後，這三年來，我的醫藥費已經超過了七萬，工作能力還未恢復……如果我的文字有令你笑過、感動過（或者被安慰，因為有人過得差過你！），歡迎 follow 我嘅寫作平台。我將會逐一連載我寫過嘅粵文長篇小説，包括入夢實驗純愛故事、末日救世偽翻譯科幻小説、鬼媽媽搞笑親情長篇等。

雖然一直都話要封筆，過返啲舒服日子，但心底裡我仍然相信文字嘅力量。Hope you too. :)

Penana: @ 鴦走蛋寺

鳴謝

好多人要多謝，感恩人生路上遇到咁多好人。

多謝青山醫院嘅 Dr Wong、Dr Poon 及一眾醫護，安泰軒嘅一眾社工，好在復元路上有你哋。愛你哋。

多謝香港青年協會上上下下，包括編輯 Ada、專業叢書統籌組阿峯及 Skarloey、社工 Colby、Maggie 及 Sandy。多謝你哋為呢本書所付出嘅心機及對我嘅鼓勵，你哋嘅評價令我對自己嘅文字有返丁點信心。亦多謝一眾出版業界嘅無名英雄。愛你哋。

多謝我嘅中學中文老師，當年你畀我嘅評語「未有讀文學，真浪費！」我銘記於心，你啲筆記我仲有留低㗎。希望有一日我可以鼓起勇氣，親口向你道謝。愛你。

多謝擇言老師、方學能老師、鵝鑾鼻燈塔老師、Raymond Tse 老師及一眾讀者（實會數漏，所以大包圍），最初我擺小説上網，係得你哋肯 share，我先開始有人睇。愛你哋。

多謝塔老師同紫波老師於百忙之中為我寫推薦序。感恩！感恩！感恩！塔巴嘅仗義相助，令我呢個寂寂無名嘅寫作人榮獲兩篇推薦序充撐場面。我除咗欣賞你嘅文字，仲有你嘅為人。埋嚟睇，呢度有個善良嘅人！多得你牽線，我先聯絡到紫波老師（喂！佢嘅大作令我細個唔敢搭𨋢！）。希望我又搭條橋，讓兩位老師多啲互相刺激，再寫多啲摧毀別人童年嘅佳作。愛你哋。

多謝《迴響》—— 粵語文學期刊（現已改為粵語文化期刊）及其團隊，亦好多謝銷售嘅書店。粵文作家有呢個平台，太幸福。愛你哋。

多謝《冚唪唥粵文讀本計劃》及其團隊好落力推廣粵文教育，有好嘅教科書同老師，學粵語其實唔難。愛你哋。

多謝古今中外所有我喜愛嘅藝術家，滋養我嘅靈魂。愛你哋。

多謝我愛過的女孩們，祝你哋幸福，我都會幸福。

多謝霍醫，全靠你次次拮我萬九幾針，我先回到氣，完成到呢本書。同你吹水係有埋心理輔導嘅感覺，好抵呀，呵呵。愛你。

多謝我所有嘅朋友，令我唔孤單。愛你哋。

多謝 mer mer，係你捉實我。冇你，我死咗九萬世。係你令我明白，真正嘅摯友係一世嘅，多謝你返嚟我身邊，愛你。

多謝雪雪，你係我人生第一個知音、摯友。冇你，我當初唔會填詞，唔填，可能我今日就冇咁熱愛粵文嚕。冇你，我唔會鍾意咗睇戲，人生就會缺少咗重要嘅一忽。你善良，但你從來都睇唔清楚自己嘅善良，咁我唯有做你塊鏡啦。如你有需要，我隨時都會喺你身邊，愛你。

多謝我老竇，你唔飲一大杯水嘅話，唔畀亂加豉油，愛你。

多謝我媽，希望有一日你唔會再鬧我又洗頭，我唔會再鬧你坐姿錯晒，煩，愛你。我知道你只想我健康快樂，於是我都只需要健康快樂。

多謝我另一半，畀我一個機會去愛人。你畀我嘅愛，我要用宇宙先裝得晒。我希望餘生都可以喺你身邊。遇上你，我唔喺最好嘅狀態，卻喺最好嘅時機。好在你之前遇極都係壞女人，我先執到寶，呵呵。如果有一日我變得對你冇咁好，你要大大力咬醒我。愛你。

多謝盧凱彤，你所教嘅，我未學夠，愛你。

香港青年協會

hkfyg.org.hk | m21.hk

香港青年協會（簡稱青協）於1960年成立，是香港最具規模的青年服務機構。隨著社會瞬息萬變，青年所面對的機遇和挑戰時有不同，而青協一直不離不棄，關愛青年並陪伴他們一同成長。本著以青年為本的精神，我們透過專業服務和多元化活動，培育年青一代發揮潛能，為社會貢獻所長。至今每年使用我們服務的人次接近600萬。在社會各界支持下，我們全港設有90多個服務單位，全面支援青年的需要，並提供學習、交流和發揮創意的平台。此外，青協登記會員人數已達50萬；而為推動青年發揮互助精神、實踐公民責任的青年義工網絡，亦有超過25萬登記義工。在「**青協・有您需要**」的信念下，我們致力拓展12項核心服務，全面回應青年的需要，並為他們提供適切服務，包括：青年空間、M21媒體服務、就業支援、邊青服務、輔導服務、家長服務、領袖培訓、義工服務、教育服務、創意交流、文康體藝及研究出版。

e·Giving

青協網上捐款平台

Giving.hkfyg.org.hk

走過黑暗，帶領你到心靈的洲。

在這個充滿紛擾的社會，面對疏離的人際關係和壓抑的生活，我們都需要重新找回健康平衡的生活方式，並對生命及未來懷抱希望。

全健空間 Wellness PLUS 是一個專為青年打造的全健生活平台。透過創新和可持續發展的模式，我們為青年提供富療癒、學習和體驗的專業服務，治癒青年的身心靈，讓他們找回寧靜與平穩。

全健空間主要服務包括：

- 臨床心理輔導：為受情緒困擾的青年提供適切的專業臨床評估，制訂治療方案，並運用心理治療方法協助他們渡過難關；
- 專業共學課程：邀請來自不同領域的導師，鼓勵青年投身全健行業，為自己的生活帶來改變的契機；
- 多元化體驗式治癒活動：讓青年暫時忘卻煩憂，專注於與自己內心的對話，覺察當下並為心靈帶來片刻寧靜。

香港青年協會專業叢書統籌組

books.hkfyg.org.hk
網上書店

香港青年協會專業叢書統籌組多年來透過總結前線青年工作經驗，並與各青年工作者及專業人士，包括社工、教育工作者、家長等合作，積極出版多元系列之專業叢書，包括青少年輔導、青年就業、青年創業、親職教育、教育服務、領袖訓練、創意教育、青年研究、青年勵志、義工服務及國情教育等系列，分享及交流青年工作的專業知識。

為進一步鼓勵青年閱讀及創作，本會推出青年讀物系列書籍，並建立「好好閱讀」平台，讓青年於繁重生活之中，尋獲喘息空間，好好享受閱讀帶來的小確幸，以文字治癒心靈。

本會積極推動及營造校園寫作及創作風氣，舉辦創意寫作工作坊及比賽，讓學生愉快地提升寫作水平，分享創新點子，並推出「青年作家大招募計劃」、「校園作家大招募計劃」及「全港即興創意寫作比賽」，為熱愛寫作的青年提供寫作培訓、創造出版平台及提供出版機會。

除此之外，本會出版中文雙月刊《青年 空間》及英文季刊《*Youth Hong Kong*》，於各大專院校及中學、書局、商場等平台免費派發，以聯繫青年，推動本地閱讀文化。

「青年作家大招募計劃」

為了鼓勵青年發揮創意及寫作才能，本會自 2016 年開始推出「青年作家大招募計劃」，讓青年執筆創作，實現出書夢。計劃至今已為 16 位本地青年作家出版他們的作品，包括《漫遊小店》、《不要放棄「字」療》、《49+1 生活原則》、《細細個嗰一刻》、《早安，島嶼》、《咔嚓！遊攝女生》、《廢青姊妹日常》、《生活是美好的》、《媽媽火車── 尋找生活的禮物》、《數學咁都得？！ 22 個讓你驚歎的小發現》、《雞先生的生活智慧》、《旅繪三國誌── 藝遊緬甸、斯里蘭卡、尼泊爾》、《鯨歸何處》，以及今年獲選作品《舖貓紀》及《精神病，是咁的》；透過文字、相片、插畫，分享年輕人獨一無二的創作及故事。

精神病，是咁的

出版	香港青年協會
訂購及查詢	香港北角百福道21號 香港青年協會大廈21樓 專業叢書統籌組
電話	(852) 3755 7108
傳真	(852) 3755 7155
電郵	cps@hkfyg.org.hk
網址	hkfyg.org.hk
網上書店	books.hkfyg.org.hk
M21網台	M21.hk
版次	二零二三年七月初版
國際書號	978-988-76280-4-0
定價	港幣100元
顧問	何永昌先生，MH
督印	徐小曼
作者	鴦走蛋寺
編輯委員會	黃好儀、周若琦、馬佩雯、李楊力、楊康儀
執行編輯	周若琦
實習編輯	廖小暢、蔡旻羲
設計及排版	何慧敏
製作及承印	一代設計印刷有限公司

This is Mental Illness

Publisher	The Hong Kong Federation of Youth Groups 21/F, The Hong Kong Federation of Youth Groups Building, 21 Pak Fuk Road, North Point, Hong Kong
Printer	Apex Design And Printing Company Ltd
Price	HK$100
ISBN	978-988-76280-4-0